# たのしい傭兵団 6

TANOSHII YOUHEIDAN

「あうっ」
イルミナをむーむー言わせている横で……

Masanori Uenomiya
上宮将徳
Illustration 望月 朔

JN031073

「おっと」
バドラス隊長は、
岩をも貫くはずの矢を
横から掴《つか》み取った。

プリスペリア殿下は、
透けるような白の寝間着に
薄手の上着を羽織っただけだった…

おおーーッ

『うおおお
ジオルドを筆頭に、千に近い数の傭兵《ようへい》たちが出陣した。
思い思いに雄叫《おたけ》びをあげながら敵部隊の背中に肉薄する。

火に包まれた柱。
落ちかかるのはエルメラインが立つ、まさにその地点。
「危ないっ！」
真っ先に駆け付けたのは**黒覆面**だった。

# たのしい傭兵団6

Introduction TANOSHII YOUHEIDAN

## 最終決戦開始

経験の浅い騎馬戦術により貴重な仲間を失い動揺するウィラード。
だが勝負は終わらない。再戦にて雪辱を果たすことを誓い、しぶとく立ち上がる。
帰還した王都で待っていたのはソムデン。
緒戦《しょせん》にて蹴散らしたはずの双剣の武者バドラス。
さらには不在のミュアキスが舞い戻り、
かつて敵としてまみえた火神傭兵団《かしんようへいだん》が味方として参陣する。
防衛戦の指揮を執るため、寄せ集めの傭兵《ようへい》たちを束ねるウィラード。
そこに現れたのは怪しい謎の黒覆面だった。
その男が握っていたものは大いなる国家機密。
この舞台の裏側には十年前の因縁《いんねん》が横たわっていた。
「開門!　開門!　城門を開け!」
ついに王都にまで到達した正規軍。
城門にメンシアードきっての剛勇、ジンブラスタ将軍の怒声がこだまする。
それに応《こた》えるようにティラガ、ディデューン、ヒルシャーン。
一騎当千の頼もしい仲間たちが奮戦する。
外からの敵と内なる不安。
ふたつの脅威に挟まれて、傭兵たちによる
前代未聞の最終決戦が始まる——。

# たのしい傭兵団　6

上宮将徳

ヒーロー文庫

# たのしい傭兵団 6

TANOSHII YOUHEIDAN

Illustration 望月 朔

# CONTENTS

イラスト／望月 朔
装丁・本文デザイン／5GAS DESIGN STUDIO
校正／竹内春子（東京出版サービスセンター）
DTP／鈴木庸子（主婦の友社）

この物語は、小説投稿サイト「小説家になろう」で
発表された同名作品に、書籍化にあたって
大幅に加筆修正を加えたフィクションです。
実在の人物・団体等とは関係ありません。

# 第七十五話　足止め作戦

「ここからちょっと行った先にどっかの兵隊が来てるっす。このまま進んだらそいつらとぶつかることになるっす」

王都を進発して四日目のことだ。

偵察に出していたメフラールが重要な報告を携えて戻ってきた。

大国メンシアードの国王が倒れ、余命いくばくもないとされるこの時、次の玉座が誰の手中に収まるか趨勢《すうせい》はいまだ定まっていない。

後継者として力ずくで名乗りを上げたのは王位継承権第三位を持つエルメライン内親王殿下。大将軍として軍部を束ねる身である彼女は、演習の名目で全土から五〇〇〇の軍勢を集め、その兵力をもって王都を制圧せんと動き始めていた。

それを阻止しようとしているのが王位継承権第一位であるプリスペリア殿下だ。

俺たちは現在、その依頼を受けて五〇ほどの騎兵のみで行動していた。

五〇〇〇対五〇。戦力差は百倍。

まともに組み合って勝てるはずもないが、この遠征の目的は相手を打ち倒すことではない。それらが王都まで来られないよう足止めすることだ。

「数は？」

「いっぱいっす」

「いっぱいってどんくらいだよ」

「まあまあいっぱいっす。めちゃくちゃいっぱいではないっす」

「…………」

ウルズバールの精鋭たちはみな馬の扱いに優れ、視力もいい。危険を察知する嗅覚も鋭い。騎兵としてももちろん優秀だが、斥候《せっこう》としての能力も高い。

ただ悲しいかな、サファゾーン以外はどいつもこいつも読み書きや数字の勘定《かんじょう》が苦手だ。平均をとってみれば山猫傭兵団《ウチ》の団員にも劣るかもしれない。

このメフラールの頭の中に俺の知りたい情報が入っていることは確かなのだろうが、それを引っ張り出してくるのはそれなりに難儀するのだ。

「……やったら勝てそうか？」

「そりゃ楽勝っす」

ならよし。といいたいところだが、こいつらは自分たちの力を過信しすぎるきらいがある。きちんと念押しもしておかなければならない。

「じゃ、相手は両手両足の指くらいか？」

「う、たぶんそんなもんっす」

返答に詰まったところがどうも怪しい。

「てめえ、手と足の指合わせて何本だ」

「……じゅ、……じゅ。……に、に、にじゅ、……二十っす」

この程度は即答してもらいたいところだが、危なっかしいながらも一応は正解を出してきたということで、こいつのいう『楽勝』をひとまず信じてみることにする。

「あと、馬は連れてたか？」

いたっす。と答えながらメフラールは三本の指を立てて見せた。

二十人ほどの部隊と馬が三頭。であればむこうもメフラールと同じく偵察。もしくは先回りして本隊の進路を確保する先遣隊だろう。隊長格が騎乗、あとは連絡用の早馬といった編成とみていい。

「さて、どうすっかな……」

どこかに隠れてやり過ごしてもいいが、兵力差は倍以上。蹴散らそうと思えばそれこそ楽勝だ。むこうが本隊へ伝令を出そうとしたところで、こちらは全員が騎兵であるから追いかけて討ち取るのも難しくない。

「安全策もいいけど、慎重も過ぎれば臆病というものだ」

「だな」

ここはディデューンの意見に賛成だ。これから自分たちの百倍にもなる軍勢と対峙《たいじ》することになるのだ。偵察隊を無事に帰還させるよりは、たとえわずかでも敵の戦力を削っておいたほうがいいだろう。

「んじゃ、行くか」

メフラールの先導するところ、全速力で敵部隊のいるであろう地点へと向かった。

敵の姿を視界に捉えたとき、彼らは格別の警戒などしていなかった。

怠慢といえば怠慢には違いないが、あたりまえといえばあたりまえだ。

今がまさに実戦の渦中である、との意識があったはずもない。これは目の前の偵察隊だけに限った話ではなく、彼らを送り出した敵司令部ですらそんな感覚でいるはずだ。

「おまえらちょっと先に行って王都の様子を見てこい」

「はいよー」

まさかそこまで軽い雰囲気ではなかっただろうが、そもそも軍にはメンシアード国内に自分たち以外の兵力が存在する、などという発想はないだろう。

傭兵《ようへい》や貴族高官の私兵などがいるにはいるが、そんなものは補助戦力であって、戦場の主力とはなりえない。いざ自分たちが王都に迫れば、今の政権はそれら有象無象《うぞうむぞう》をかき集めて籠城《ろうじょう》くらいはしてくるかもしれない。だが、できることはそれがせいぜいで、打ち破るのは造作もない。

どうせその程度にしか考えていない。

そうであればこそ、俺たちがこうしてはるばる迎撃に出向いたことは、完全に想定外の事態であるはずだ。

「アーラララララーーイ！」

こちらはさらに速度を上げ、全軍で威嚇《いかく》の大喊声《だいかんせい》を上げる。

気づいた相手が慌てふためくのが手に取るようにわかった。

彼らは武器だけは構えてみせたものの、こちらが弓の届く範囲にまで近づいても応戦の気迫までは伝わってこない。

そうであれば――。

「散れ！」

あえて血を見るまでもない。腕を水平に払って号令をかけると、全員が矢をつがえたまま、むこうを半円状に取り囲んだ。

飛び道具対近接武器。先制の優位がこちらにあるのは明らかであり、まずは一方的に攻撃することができる。

「…………」

沈黙は彼らがすでに恐怖に囚《とら》われていることを意味している。

手にした剣や槍《やり》は、いざこれを振るわんとして握られているのではないのかもしれない。この死地から一刻も早く逃げ出したい。その気持ちを押さえつけるため、必死でしがみついているようにも見える。

その中で異彩を放っているのがただ一人。手には何も持っていない男だった。

そいつだけが馬に乗っているからには、この部隊の隊長と考えていいだろう。

「なんだお前らは」

無精髭《ぶしょうひげ》を生やした三十半ばの大柄な男。騎士というよりは武者といった感じの面構え。部下たちのすがるような視線を集めながら、そいつはいまだ不敵な面持ちで誰何《すいか》の声を飛ばしてきた。

「まあ、敵だな。正体は言えないが」

少しだけ前に出て、その質問に答える。

「ふん、王都からの差し金か」

「そうかもしれんが、そうでないかもしれん」

「は、内緒かよ。そんで俺たちにどうしろと？」

「とりあえず武器を捨てて降伏してもらおうか」

男は沈黙し、自らの顎《あご》を手でいじりながら考えるそぶりを見せた。

「考えても仕方あるまい」

いきなり弓弦《ゆんづる》を鳴らしたのは隣に馬を進めてきたヒルシャーンだ。

さっさと決めろとの催促、あるいは脅迫。無造作に放たれた矢は無精髭《ぶしょうひげ》の頬《ほお》のギリギリをかすめるはずだった。

「おっと」

隊長は躱《かわ》すそぶりも見せず、岩をも貫くはずの矢を横から掴《つか》み取った。

——おおう。

いかに小部隊といえ、さすがはメンシアード正規軍の隊長格。なかなかの技量と度胸。自分が感心したのと同時、敵味方から小さな感嘆の声が漏れた。

「やるな。次はもう少し強いのを撃つ」

妙な対抗心がかき立てられたのか、ヒルシャーンが再度矢をつがえようとする。それを見た隊長は慌てて思案を中断させた。

「やめてくれ、今の芸が精一杯だ。わかった、降伏する」

今の妙技がほんとうにあいつの精一杯、というのでもないだろう。口調にはまだ余裕がある。しかし男は言葉どおり腰にぶらさげた二本の剣を鞘《さや》ごと外し、こちら側にむかって投げ捨てた。

「隊長！」

そのあまりにも武人らしからぬ態度に対し、隣にいた副官らしき者が抗議の声を上げた。それでも決定は覆《くつがえ》らない。

「あー。やめとけやめとけ。こんなのに出会っちまったのが俺たちの運のツキだ」

じつにものわかりのいい話だが、その判断自体は妥当だといえるだろう。

むこうがここでの戦闘を決意したとして、接近戦の距離に持ち込まれるまで俺たちはゆっくりと三回は矢を放つことができる。都合一五〇本の矢に襲われて果たして何人が地面に立っていられるか、はなはだ疑問。おおよそが無駄死にすることになるだろう。

「しかし！　我らの悲願はどうなります！　エルメライン殿下は！」

それでもなお食い下がろうとする副官。

いまだ誰の目にもそうと映っていない状態ではあるものの、軍の反乱はすでに始まっている。その自覚はこいつら自身にもあるのだろう。

王宮の文官どもに一泡ふかせたい。というのは、おそらく軍全体がそう望んでいること。敬愛する大将軍閣下の王業か覇業か、そんなものも始まったばかり。その先陣を仰《おお》せつかった連中がこんな思いがけない場所で早々と退場に追い込まれたとあっては『はいそうですか』で納得できないのも無理はない。

「だからだな、俺たちはそんな気持ちを抱えたままここで死んじまったってことだ。んでもまあ幸いなことに命だけは見逃してくれるらしいから、俺たちの人生、ここで一旦仕切り直しってことにしようじゃねえか」

「ですが！」

「……じゃあお前だけで行ってこい」

副官から視線を外した隊長はあらためてこちらに向き直る。

「おおい！　今から一人そっちに突撃するらしいから、狙うのはそいつだけにして、他の連中には絶対に当てねえようにしてくんな」

「しません！」

「お前が死んだら俺たちは降伏するつもりなんだが」

「……死ななくてもしてください」

そうして強硬意見は強引に封じられ、敵の全員が武装解除に応じた。

こちらも大声を出さなくてもいい距離まで包囲の輪を狭める。

ただ、ここからこいつらをどう扱うか、自分の中でいまいち判断がつきかねていた。

恥を忍んで降伏してやったというのにもかかわらず、謎の騎馬集団は自分たちを取り囲んだままいつまでも射撃の構えを解かない。それについてむこうの隊長が不平を漏らす。

「なんだよ、俺たちゃ言われたとおりにしたろうが。狙いを外させてくんねえかな」

「……んー、やっぱさっきのはナシにしねえか」

「あ？　どういうことだよ？」

「いや、よくよく考えてみたらこっちには捕虜《ほりょ》なんか抱えとく余裕なんかねえんだよ。どっちかってえとあんたらには死んでもらったほうが後くされがなくていいんだ。だからそっちからかかって来てくれ。ちゃんと皆殺しにしてやるからよ」

「できるか！」

それはどうもしてくれないらしい。自分が相手の立場でもイヤだ。とはいえ俺たちはこれからメンシアード軍の本隊と戦わなければならないのだ。こんなどうでもいい連中の護送になど人数を割いていられない。

こちらの事情をある程度察したのか、隊長のほうからひとつの申し出がなされた。

「……じゃあ全員分の装備と馬はここへ置いていく。ここから俺たちだけで王都まで歩いて行って、そんで捕虜として牢屋《ろうや》に入れてもらう。それでどうだ」

「それは助かる」

「……助かるのかよ」

二つ返事で承諾がなされたことに無精髭《ぶしょうひげ》が軽く困惑する。こいつのほうでも駄目元でとりあえず言ってみただけなのだ。その提案は自分たちを自由にさせろと言っているのにも等しい。

かといって二十人からの人間を送り届けるのに一人二人を見張りにつけても意味がない。ある程度まとまった人数でないと抵抗も逃走もされ放題だ。たとえおとなしく護送されてくれるという保証があったところで、その一人二人ですら戦力が削《そ》がれるのは惜しい。であれば、こいつらが本隊に帰還することなくどこかへ行ってしまう。それでよしとする以外にないのだ。

「路銀はあんのか?」

こいつらが言ったとおり馬鹿正直に王都に戻るとも思えないが、万が一その気であるなら歩きで十日ほどの道中だ。飯に代わるものがなければ空腹で野垂《のた》れ死ぬか、途中で賊に鞍替《くらが》えするしかなくなる。

「ねえな。手持ちの兵糧を食ったらそれっきりだ。あとは誰か親切な人に恵んでもらうか、着てる物でも売っ払うしかねえな」

「んじゃ、ほらよ」

懐から十枚ほどの銀貨を取り出して握らせる。こいつらの先行きなんかどうなろうと知ったことではないが、それが原因で関係のない市民たちに迷惑をかけることになれば少々申し訳ない。

それと同時に紙と筆とを取り出し、一通の手紙をしたためた。

「王都に着いたらこいつをロスター将軍に渡してくれ」

「へえ、ロスター将軍って、あのロスター将軍か」

「なんだ、知ってんのかよ」

「んなもん、ちょっと軍にいたことのある奴なら誰だって知ってるよ。俺も新兵の時分はえらくしごかれた。ってもあの爺《じい》さん、とっくに退役してたんじゃねえのか。なんでまだ将軍とかいわれてんだよ」

「あんたらがなんかがちゃがちゃ始めやがったからに決まってんだろ。そろそろ墓にでも入ろうかって準備してたとこ、老骨に鞭《むち》打って現役復帰だ。悪いと思いやがれ」

「かはは。そりゃ気の毒したな」

そこにあったのは親しみと懐かしさの込められた口調。あの爺さんは単に口うるさいというだけでなく、下の者からはそれなりに慕われる人格でもあったらしい。

「だったら王都に戻ったらせいぜい旧交でも温めてくれ」

「……いや、できたらあんまり顔は見たくねえ」

そこはまったくもって同感だ。俺も決して嫌いではないのだが、あの顔はなるべく見ないに越したことはないし、あのでかい怒鳴り声も耳に入れたくない。

武器を没収し、具足を剥《は》ぎ取ってしまえばもうこいつらに用はない。

そのまま解放したところで、立ち去ろうとする隊長の背中にひとつの質問をぶつけた。

「そりゃそうと、そっちの本隊は今どのあたりにいるんだ？」

この質問はなるべく軽く聞こえるよう、きわめて何気ない感じを装った。ポロリと本音が漏れるのを期待してのことだ。しかし――。

「……言えねえな。武運つたなく降伏することにはなったが、将軍閣下を裏切ったわけじゃねえ。もしあんたがそれをどうしても聞きてえってんなら是非もねえ。剣だけじゃなく、俺の首もここへ置いていくしかねえな」

返ってきたのはいいかげんな、ものわかりがいいだけの男の言葉ではなかった。

――儲《もう》けた、かもしんねえな。

部隊全滅の危機にあってあっけなく降伏を選択したのはあくまでも冷静な状況判断。この男、自分の命など少しも惜しんでいなかった。

一見飄々《ひょうひょう》とした雰囲気のその内側には誇りか、それとも節義か。武人と呼ぶにふさわしい気骨がどっしりと座っているようだった。

「じゃあ無理には聞かねえよ。せいぜい長生きしてくれ」

「かかっ、そっちこそ気をつけるんだな。あんたらがなかなかやりそうだってのは見りゃわかるが、ウチの大将たちだって並じゃねえ。敵《かな》わねえと思ったら俺みたいにさっさと降参したほうがいいぜ」

「俺みたい、とか自分で言うな。情けなくならんのか」

「恥ひとつで部下どもを救えたんなら上等だ。こうなっちまうまでの油断は言い訳できんがな、かはは」

この無精髭《ぶしょうひげ》、実戦で刃を交えることになれば間違いなくひとつの脅威となっていただろう。少なくとも俺は一対一で勝てる気がしない。それを戦わずして戦線離脱に追い込めたのだから前哨《ぜんしょう》戦《せん》はひとまず上々、としていいのかもしれない。

メンシアード軍の本隊を発見したのはそこから二日後のことだ。

木々の間に紛れるようにして待ち伏せていると、そこから見えてきたのは街道を進む人馬の群れだった。

これまでの行程で俺たちは軍が駐留していたメルサの町にほど近いところにまで到達している。であれば偵察隊と行き会った時には、彼らはまだ出陣していなかったということになる。

「ウチの雇い主殿の読みは正確だったってことか」

十日近く前、メンシアード軍は政府に対して追加の補給を要請している。

送り出した使者が王都で捕縛されたことはまだ軍の知るところではないはずだ。しかし、それらが予定の日数を超えて戻ってこないことで、彼らは自分たちの要求は政府に拒絶されたと判断した。

このまま物資が届かないのであれば、演習名目での滞陣を続けることはできない。

王都に帰還しなければ全軍が飢えることになる。しかし、これはただ戻るのではなかった。今後の王位の行方《ゆくえ》について直談判のために戻るのだ。

その結果としてあるのが自分たちの目に映る軍勢だった。

――まったく、果断でいらっしゃる。

何か不測の事態が起きたのかもしれない。まずは落ち着いて情報収集。軍の総帥《そうすい》であるエルメライン閣下はそんな温《ヌル》い考え方をする人物ではなかった。

交渉が決裂したならば速やかなる実力行使。いや、きっとそうなる。すなわち、彼女は自らの母国を戦乱に巻き込む道を決断したのだ。

これが短慮であるとの非難はあたらない。彼らにはそうするべき正義というものがある。そのことは目前にある、希望と自信とに満ち溢《あふ》れた行軍を見ればわかろうというものだ。

――たいした威容だ。

これが五〇〇〇。

今回の依頼についてて初めにビムラの傭兵《ようへい》ギルドで話を聞いたとき、まさかそんなメチャクチャな戦力差での戦いをする羽目にはならないと思っていた。だが、結局はそれとこうして向き合うことになっている。これはもう悲劇を通り過ぎて喜劇だ。

「これまでとは気が、違うな」

「ああ、違うね」

玄武《げんぶ》、白虎《びゃっこ》の両将軍がそんな感想を漏らした。

そこにある軍勢はこれまで戦ってきた連中とは気構えからして異なっている。それは自分にもなんとなくわかった。

あの中には俺たちが蹴散らしてきた地方の守備兵たちも多く混じっているはずだ。かつて見《ま》えたそいつらは確かにヘタレか腰抜けでしかなかった。しかし今、あの行軍の内にそんな弱卒がいるようには思えない。

彼らも気に入らない文官上司の下でイヤイヤ働かされていた時とは違う。尊敬する上官と共にあることで本来の姿を取り戻したのだ。しかも彼らの主観ではこの行軍は王都への凱旋《がいせん》であり、向かう先には望ましい未来があると信じている。男子三日会わざれば刮目《かつもく》してこれを見よ、との格言もある。これまでと同じようにいくとは思えなかった。

「後悔してるんじゃないのかい？」

ディデューンが俺の内面を見透かしたようなことをいってきたが、これはハズレだ。

「するかい」

あれと戦うことが恐ろしくないわけがない。だがこの恐怖ははじめからわかっていたこと。それを実感として受け止めた、それだけだ。これは後悔とはまた違う。むしろ――。

――悪く思うなよ。

そんなふうにも思う。

あれを率いるのは一夜の酒を酌み交わしたエルメラインやジンブラスタだ。

彼らに対する恨みなどまったくないし、一個の人間としてなら好意にも値する。俺たちはその彼らの希望を粉砕するのだ。浮世の義理かしがらみか、俺たちには俺たちの希望と生きるための理由がある。

「ふん、とろくさい動きだ。あんなものは的だ」

ヒルシャーンが腐《くさ》したように、敵は強大ではあっても鈍重だ。

やる気はあっても体がついていかない。そういうおっさんくさい事情ではもちろんない。

その理由は彼らが補給物資とともに行軍しているからだ。

本来、戦闘要員はその機動力を損なわないよう最低限の食料と武器だけを携帯し、足の遅い補給部隊とは別々に行動するものだ。

しかし現在のメンシアード軍は軍資金が制限されている。戦闘に必要な物資を運搬させるのに傭兵《ようへい》を雇い入れる余裕はないし、これまでその実務を担っていたような人間も軍中から放逐されている。結果、糧秣《りょうまつ》や武器の一切合財《いっさいがっさい》は自分たちで運んでいくしかなくなっていた。

「おい、お前、あれいくつに見える？」

傍《かたわ》らにサファゾーンを呼び寄せた。

「そうですね。十、二十……、全部で五十をちょっと超えるくらいかと」

それらは兵糧《ひょうろう》を積んでいるであろう荷車の数だ。

『鷹の目《ホークアイ》』

ウルズバールの者たちの多くが持っている特性だ。自分やこちらの世界の人間の目からはおぼろげにしか見えないものが、草原に生きてきた彼らの目にははっきりと映る。

「兵数から考えると、一日で四台分くらい食べますね」

わざわざ俺から説明しなくてもこの程度のことは勝手に勘定《かんじょう》に入れて話ができるのがサファゾーンのありがたいところ。他のやつらではこうはいかない。

「ふむ……。それで全部ならあいつら二週間ほど動けると思ってたほうがいいな」

現時点での速度から考えれば、王都に到達するまでは早くて八日というところ。まともに移動を許せば一週間は籠城《ろうじょう》で持ちこたえなくてはならない。

ティラガら居残り組は傭兵どもを集めて防衛訓練の真っ最中。しかしわずかな時間でそれがどこまで仕上がるのかは見当がつかない。

なにしろメンシアードのような大都市で傭兵のみによる防衛戦がなされた記録など例がない。たたき台として考えるべきものがどこにもないのだ。

いざ戦闘が始まってみれば余裕で守りきれるのかもしれないし、もしかすれば数時間も保《も》たないかもしれない。こんなのはもはや完全なる博打《ばくち》だ。なるべくならそんなものに自分たちの命運を任せたくはない。

俺たちはそうなる前に勝負を決めに来たのだ。

「それから……、あれは何でしょうかね。木でできた枠組みのようなものが見えますが……」

――攻城兵器までありやがんのか。

サファゾーンが見つけたのは投石機や組み立て櫓《やぐら》の類《たぐい》だろう。半ば脅しの道具で、それらを使う可能性は低いとみているはずだ。それらの出番がやってくるのは現政権があくまで開城を拒んだときだ。

「ふむ、それほど警戒もしていないみたいだね」

「だな」

そこはディデューンの見解に同意だ。

彼らにとって本番は王都の城壁を臨んでから。今はまだ準備段階で、実のところ行軍というのもおこがましい。

メンシアード領土内に賊ぐらいはいても、五〇〇〇の軍勢を相手に攻撃を仕掛けてくる勢力《バカ》がいるわけがない。ならば戦意はあっても緊張感はない。いってみればこれは単に自分のお家《うち》に帰ろうとしているだけなのだ。

遠くにあった荷駄の車列がだんだんと近づいてきていた。

「あれを全部燃やしちまえば、それで終わるんだがな」

言ってはみたものの、そこまではさすがに無理だ。

火矢の用意も一応しているのだが、たとえそれが糧食を積んだ荷車に命中したところで、すぐに消し止められてしまう。たとえ一台二台を炎上させたとして、少し距離を空けるだけで他のものにまで延焼することはない。

全員が騎馬で編成されたこちらは速度こそ圧倒的だが、いかんせん数が違いすぎる。物資を削ることに拘《こだわ》りすぎれば無傷ではいられない。

なにしろこちらは人員の補充ができないのだ。一人が負傷すればその分だけ戦力は低下し、他の連中にかかる負担も危険も高くなる。

「つーこって、おとなしく足止めに専念しましょうかね」

兵糧《ひょうろう》自体を燃やすことはできなくても、車輪がついてるものを一つでも毀《こわ》せば、修理だ荷物の積み替えだとそれだけで全体がしばらく動けなくなる。行軍とはもっとも足の遅いものに合わせてしかできないものなのだ。

誰一人欠けることなく戦い続ける。それが今回の作戦目的だ。

「野郎ども！　かかれ！」

部隊の先頭を征《ゆ》くのは草原の勇者、ヒルシャーン以外にはありえない。

続く五〇の騎影がひと固まりになってメンシアード軍に迫った。

一回目。これは完全に奇襲になる。

むこうも何か集団が近づいてきているのには気づいただろう。しかし襲撃の予想などまったくしていなかった状態でのこれに、応戦の準備は間に合っていない。

「撃て！　遠慮はいらん！　撃ちまくれ！」

ここはなるべく戦果をあげておきたい。

十分な射程にまで接近して一斉に矢を放った。

「何だ⁉」

「敵か！」

無防備なところに突如として浴びせかけられた弓矢の雨。一度に放たれる数はたかだか五〇本だが、それで敵兵たちは少なからず混乱した。

「慌てるな！　相手は小勢だ！　防御を固めよ！」

敵陣では怒号のような指示が飛ぶ。これはジンブラスタ将軍か、あるいはまだ見ぬカーン将軍のものか。兵たちは地面に伏し、あるいは荷車の陰に隠れ、思い思いの方法で回避行動を始めた。

「構うな！　ガンガン射かけろ！」

それでこちらのやることが変わるわけでもない。防御されようがされまいが、そんなものは無視してありったけの矢をブチ込んでやるだけだ。

通常の戦闘時、一人が携帯する矢はせいぜい三〇本というところだ。それを撃ち尽くせば補給が受けられる地点まで下がるしかない。

しかし、今回だけはあえて倍を用意してきている。荷物で動きが鈍くなるのは承知の上。だがこの一回きりならば確実にこちら側だけが攻撃できるのだ。ならば可能な限りの痛打を与えておきたい。

しかも敵兵はなるべく殺さずに負傷させるのがいい。自力で動けなくなるくらいが最高。そうすれば治療や搬送のため、同じ数だけ無傷の兵が戦えなくなるという寸法だ。

むこうは五列ほどの縦隊でほとんど密集していた。厳密に狙いをつけなくても、矢が届きさえすればそれなりの命中率が期待できる。にもかかわらず――。

「しッ！」

「死ねッ！」

ヒルシャーン、ディデューンといった名人と呼んでもいいような連中は恐るべき精度で敵兵に矢を当てている。それは逃げる方向をあらかじめ予測するような射線であったり、防御の盾ごと貫くような剛弓であったり、いずれも絶対に敵には回したくない腕前だ。

戦闘終了までにそう長い時間は必要としなかった。

敵の隊列をなめるように二往復。それで自分の矢筒は空になっていたし、他の奴らもそれぞれの分を撃ち尽くしていた。

「よし！　ここまでだ！」

敵陣に背を向け、退却の号令をかけた。

どれほどの戦果が得られたのかは確認するまでもない。どうせまた二度、三度とお邪魔させてもらうことになるのだから。

ここからはそう簡単ではないだろう。

王都からの攻撃があると知った以上、あちらさんもそれなりの対抗策を講じてくる。一方的なやり放題が許されたのは今回限りと思ったほうがいい。

しかしそうであればこそ、行軍速度は大幅に鈍るはずだ。

足止めをするという戦略目的からすれば、それは順調な始まりに違いなかった。

# 第七十六話　後悔と再起

「次は突撃でもかましてやろうと思うんだが」

補給のために後方に下がったところで、ヒルシャーンがそんな提案をしてきた。

「ふむ……」

矢はプリスペリア殿下がかなりの量を手配してくれていて、この先王都までの間にいくつも補給地点を作っている。簡単になくなりそうな数ではないので、基本的にはこのまま弓戦《きゅうせん》だけをやり続けるつもりだ。

だが、ここで接近戦も悪い方策ではない。

一度だけ、早い段階で別の攻撃手段があることも教えておく。そうすれば相手も対応がとりづらくなる。こちらの矢玉がなくなるまで完全に防御に徹してやり過ごす。その選択ができなくなるのだ。

「つっても、危ねえんだよな」

「くはっ。何を今さら。俺たちが何をやっていると思ってる」

「戦、だな」

「だったら危なくてあたりまえだろうが」

「そりゃまあそうなんだがよ。俺からてめえらにそこまでしてくれとは言えねえよ」

ヒルシャーンたちは仲間であると同時に客分でもある。今回の戦いは彼らにとっても自分たちの居場所を作るためのもので、いやいやつき合ってくれているのでもない。かといってすでに最も重要な部分を任せているのだ。この上さらに危ない目をみてくれとはお願いできない。

「なるほどな。俺たちの仲でつまらん遠慮はするなと言いたいところだが、兄弟の立場ではそうもいかんか」

「そういうこった」

「戦況を見て、俺が俺の裁量でやる。それでどうだ？」

「……そうなったらしゃあねえ。つき合うか」

自分の武名を高めたいのか、それとも誇りたいのか。結局のところこの男は自分の力を試してみたくてしょうがないのだ。

猪武者《いのししむしゃ》といえばその通りには違いないが、角を矯《た》めて牛を殺すとの諺《ことわざ》もある。長所と短所は表裏一体で、慎重論ばかりを押しつけていればこいつ本来の持ち味まで失わせることになるだろう。ならば、たまには一緒になって大暴れしてやるのも悪くない。

「いや、隊は半分に分けよう。片方は兄弟に任せる」

「それで足りるのか？」

前に山猫傭兵団《ウチ》の連中を率いて敵陣突破をしたことがある。しかしあの時は傭兵団《ようへいだん》同士の抗争でしかなく、相手は紙屑《かみくず》みたいな輩《やから》にすぎなかった。

正規兵をむこうに回してのそれは自分にはまだ経験のないことだ。どれほどの勢い、圧力が必要なのかはわからない。

「舐《な》めるな。俺たちの実力を見せてやる。万が一何かあるようならそっちで援護してくれ。無理そうなら見殺しにしてくれて構わん」

「いや、ちょっとくらいの無理ならしてやるけどよ」

そんな会話をしておきながら、俺たちはこのような局面でどちらかが死ぬようなことがあるとは欠片《かけら》も思っていなかった。


十分に休息をとってから再び敵軍を探す。

最初の襲撃から数時間が経過していたが、次に接敵した場所も前の襲撃地点からそれほど離れていなかった。

「前のは結構な打撃になったみたいだな」

負傷者を救護し後方へ搬送する。部隊を再編して装備や物資を整える。それらのことに時間をくわれたようで、こちらの狙いには嵌《はま》っている。

どうせ今後の方針についてもいろいろと手間取ったに違いない。

いくら正体不明とはいえ、先ほどの襲撃が現政権、もしくはプリスペリア陣営に属する何者かによるものであることは自明だ。その目的が王都への進軍を遅らせ、糧秣《りょうまつ》を浪費させるためであることもわかるだろう。

であれば、一旦仕切り直してメルサの町まで引き返す。そうしてくれていたらさらに万々歳《ばんばんざい》だ

ったのだが、そんな無意味な選択はしてこなかった。当初の予定に変化なく、このまま王都を目指すつもりでいるようだ

──やはり、防御を固めてきたか。

大盾を持ったままの兵士が多くいる。今後はあれでやり過ごすつもりらしい。

「問題ない。盾ごと貫けばいいことだ」

「……そうですね」

当たりどころがよければ矢は盾を貫通する。腕自慢なら百発百中でできるのだろうが、俺の腕では狙ってやれるものでもない。粛々とやれることをやるだけだ。

「撃てーッ！」

今回は前ほども敵に近づかない。

むこうも弓矢の用意をしているかもしれない。反撃される可能性を見越してギリギリ射程圏内。そんなところからの一斉射撃だ。

堅牢《けんろう》な守りを相手にこれでは大した効果は見込めない。ただしそれは直接的な打撃にならないというだけだ。ここからは牽制するだけで構わないのだ。今後度々このような攻撃に脅かされる。そんな恐怖だけを与えられればいい。やったらやっただけむこうの疲労は溜《た》まっていく。

敵の周囲を窺《うかが》いながら、慎重に連射を続けた。

しかし、矢の半分ほどを消費したところで、相手が何かをしてくるような気配は感じられなかった。

――完全に防御に徹するつもりか。

それもまたひとつの戦術だ。

そもそも戦力差は歴然。俺たちにはむこうを全滅させるような力はない。ただ、相手にも俺たちを捕まえる機動がない。であれば被害を最小限にとどめ、王都への道を急ぐ。そういう作戦もある。

あるいはまだこちらの手の内を探っている段階なのかもしれない。

――動くつもりがねえなら、さっさと離脱したほうがいいな。

あの状態が維持されるようならヒルシャーンが突撃をかける隙もない。

あいつの超人的な武勇をもってすれば敵陣に穴を穿《うが》つくらいはできるだろうが、その一箇所の綻《ほころ》びで全軍が崩れるということもないだろう。

――なら、今回はこんなとこか。

矢を撃ち尽くす前に退散する。

その判断を下そうとして、そうはならなかった。

むこうのほうでも消極策ばかりではこれからの士気にかかわる。そういう判断が働いたのかもしれない。

「賊ども！　そんな遠くでちょろちょろするだけが能か！　来い！」

それはこちらを挑発するような一声。

堅く閉ざされていた敵陣の中央がおもむろに開き、そこから姿を見せたのは亀のように守ってばかりだった連中とは違う、あからさまに戦意をみなぎらせた一団だった。

——ん？　何だ？

それはむこうの騎馬隊にあたるのか。

俺たちのような軽装の弓騎兵ではない。全身鎧《フルプレート》を着こみ、大ぶりの槍《やり》を構えた重装備部隊。それがゆっくりとこちらへと動き始めた。

——数は、それほどでもねえな。

せいぜい二十騎あまり。俺とヒルシャーンがそれぞれ率いるのとほぼ同数だ。

メンシアードがいかに大国とはいえ、騎兵だけの大部隊を揃《そろ》えるのは難しい。というのもあるが、これは機動でもって戦略的に運用するためのものではなく、戦術的な突進力に重きをおいた編成なのだろう。戦場のここぞという場面で投入し、戦局を動かすための力であれば、単に数が多いことよりも精鋭であることが優先される。

先頭の将が手に持った得物を突き上げる。

「そちらから来ないのであればこちらから参る。受けよ！」

頭をすっぽりと覆う兜《かぶと》によって顔まではわからないが、その中身は十中八九ジンブラスタ将軍。巨人といっても差し支えない大きな体が出会った時の記憶と一致する。

「うおおおおーッ」

将に続き、兵たちも騎馬の速度を上げる。

その噛《か》みつくような咆哮《ほうこう》にヒルシャーンが呼応した。

「おう！　行ってやろうじゃねえか！」

こちらから攻め上がらずともむこうのほうから挑んできてくれた。この展開はあいつにとっておあつらえむきだ。

向かい合う戦力はほぼ互角。相手だって自分たちの技量には自信があるだろう。だが練度においては年季が違う。年若い連中が大半を占めているとはいえ、馬上で暮らしてきた時間を考えればウルズバールの精鋭が劣るということはまさかないはずだ。

双方の切り札同士が早くも激突する。

そう思ったのはほんの数瞬だけだった。

ヒルシャーン隊が勢いよくつっかける。双方がもう少しで接触するかという時、直前でジンブラスタ将軍は馬首を翻した。その手勢も二つに分かれ、ほぼ直角に左右に開いた。

その先に見えたものは――。

「罠《わな》だ！　避《よ》けろ！」

思わず叫んでいた。

将軍の行動はこちらを誘い出すための囮《おとり》だ。

本命の攻撃は盾の列に隠されていた『弩《いしゆみ》』。それが騎馬隊の背後に数十という数で並べられていた。それらは以前傭兵《ようへい》ギルドの処刑人《ハンター》が使っていたものより二回り、三回りはでかい。地上から城壁にいる兵を狙うような、おそらくは攻城用のもの。

――んなもん、こんなとこで使ってくるかよ！

あんな武器は重すぎて持って運ぶのは難しい。その上一度撃ってしまえば次の矢の装填《そうてん》に時間がかかる。本来は地面に置いて使うもので、野戦なんかに出番のない武器だ。しかし動きの速い少数を相手に、こうして十分に引きつけてから使用するなら、これはなかなか有効的な運用といえた。

「放てーッ！」

俺の注意喚起など時すでに遅し。回避のための時間など残されていなかった。

号令と同時に一斉射撃が行われている。放たれた矢の多くは当然のように先頭の黒い鎧《よろい》に集中した。

機械式の弓。人の手によって行われるものよりもはるかに早く、強烈な射撃。

いかに剛勇名高い玄武将軍《ラ・リゾナンド》であっても、その命運は風前の灯《ともしび》――。

「しゃあッ！」

窮地は万丈の気炎によってかき消された。

ヒルシャーンは怒号とともに槍《やり》を風車のごとく回転させる。

その身に飛来した矢は十本を下らない。だが、この神域にも近い技量を持つ勇者はそのすべてを空中で叩《たた》き落としたのだ。

「ぬうッ！」

ただし、その技は神域には近いだけで、神域そのものではなかった。あいつが防ぐことができたのは自らの体に当たるはずだった分だけ。

打ち落とし損ねた幾本かの矢。それらはヒルシャーンの乗馬に命中していた。

「もう一度だッ！」

傷つき、完全に平静を失った乗馬。そこにまた、敵陣からの号令が重なった。

――まだあんのかよ！

弩《いしゆみ》は連射ができるような兵器ではない。であればこれは部隊をいくつかに分けた上での時間差攻撃だ。

「くそがッ！」

暴れる馬を御しながらではさっき見せた防御はできない。

矢が次々と風を切る音に断末魔のごとき嘶《いなな》きが交差した。

――おいっ！

次に自分の目に映ったのは太い矢に貫かれた義兄弟の骸《むくろ》、ではなかった。

そこにあったのは前足を浮かせて高々と立ちあがった馬。その腹に何本もの矢が突き刺さっている光景だった。一部は完全に胴体を貫き、先端を背中から突き出させている。絶体絶命を悟ったヒルシャーンはその時点で馬を諦め、大きく棹立《さおだ》たせることによって、馬体そのものを自らの盾としたのだ。

結果、草原の英傑《えいけつ》はいまだ健在。ならば――。

「援護しろ！」

残っている矢をすべて撃ち尽くす勢いで敵陣に放ち、同時に二つに分けていた部隊を合流させ

る。

さらにもう一撃があるかもしれない。それはこの時、頭になかった。

「掴《つか》め！」

「おう！」

伸ばした手にヒルシャーンが捕まる。がっしりとした手応《てごた》え。次の瞬間には奴はひらりと身を躍らせ、俺の馬の背に飛び乗っていた。

――こんだけ動けるなら、大した怪我《けが》もしてねえ。

「一旦退《ひ》くぞ」

ひとまず安堵《あんど》しながら馬を返し、そのまま戦場からの離脱を図った。

「なぜ逃げる！　逃げるな！」

「逃げるわい！」

今まさに死の河を渡ろうとしていたくせに、まだ戦意を失っていないのははなはだ立派。だがこんなのは無視だ。

後方を振り返れば二回の斉射で負傷した奴、落馬した奴は少なからずいる。そいつらにも他の仲間が駆け寄り、退却に手を貸していた。

殿《しんがり》にはサファゾーンらがついて追っ手がかかるのを警戒する。しかし、痛撃を与えて追い払えたのならそれでよしと判断したのか、敵陣がさらに動くような気配は感じられなかった。

「待ち伏せ、されていたみたいだね」

ディデューンがすぐ隣を併走してきていた。

「……かもな」

「すまない。その可能性は進言しておくべきだった」

「んなもん、てめえのせいじゃないっての」

それが考慮に入っていなかったのは俺もヒルシャーンも同じだ。だれの責に帰するかといえば、そんなもんは俺に決まっている。

今になって思えばメンシアード軍は行軍に手間取っていたのではなく、あえて動いていなかったとも考えられる。再度の襲撃があることを予測して弩《いしゆみ》を用意し、それが効果的に使える場所で待ち構えていたのだ。

そうであれば俺たちはまんまと罠《わな》にかかったことになる。相手の動きが鈍いのならそれはこっちにとって好都合。それで済ませておくべきだった。慌てて攻撃をかける必要もなく、むこうが焦《じ》れて動き出すまでは放っておけばよかったのだ。

それもすべては結果論。起きてしまった事象は覆《くつがえ》せない。

――くそったれがッ！

俺たちは精強無比の騎馬戦術を持っている。そのことに自分でも気づかないうちに胡坐《あぐら》をかいていた。それを利用することばかりに腐心し、『使わない』ことには考えが及んでいなかった。見抜けなかったのは戦場の機微。衝《つ》かれたのは自分たちの経験不足。そんなとこだろう。

「ああああああッ！」

しばらく走ったところで背中からも憤怒《ふんぬ》か後悔か、そんな感情の爆発がとどろき、俺の鼓膜を激しく震わせた。

大勢の負傷者を抱えたまま長くは走れない。

追撃の心配がなさそうなところまで距離をとり、林の中に潜んだ。

手分けして彼らの手当てを始めたが、状況は惨々《さんさん》たるものだ。

弩《いしゆみ》による二連斉射。文字通りその矢面に立たされたヒルシャーンは無傷で済んだ。しかし、率いていた部隊はそうではない。多くがどこかしらに矢傷を負っている。

馬も完全に失ったのは一頭だけだが、それ以外にも戦場では使い物にならなくなったのが続出している。そして——。

「ヒルシャーン様……。自分はもうダメです……」

一人の若者が、その頭領の腕の中で最期《さいご》を迎えようとしていた。

腹部に矢が突き立ったまま、ここまで担がれて運ばれてきた。鏃《やじり》は取り除いたものの、内臓が大きく損傷してしまっている。かすかに命は繋《つな》ぎ止められているが、それももう長くはもたない。

「……いま、楽にしてやる。何か言い残しておきたいことはあるか」

このままわずかな時間を生き永らえても苦痛が長引くだけ。ヒルシャーンはそう判断を下した。

「母ちゃんを、心配させたくねえんです。もし仲間の誰かが故郷に戻ることがあっても、自分は元気でやっていると、そう、伝えて、ください……」

「わかった。貴様のことは俺の命あるかぎり忘れん。安心して逝《い》け」

「……ありが、てえ」

心臓の位置にヒルシャーンの懐剣が静かに差し込まれ、赤黒い染みが大きく広がっていく。若者の目がすべてを諦めたように閉じられると、それはもう永遠に開かれることはなかった。

――これで、二人。

ここに辿《たど》り着く以前にも一人、犠牲者が出ている。そいつは頭部に矢を受け、救助された時点でほとんど即死に近い状態だった。二人とも故郷を離れてからまだ半年にもならない。その年齢からしてもあまりにも早すぎる死だった。

………すまん。

距離にして遠く、心理的にはさらに遠い別世界ともいうべき場所。万里の連峰を越えてついて来てもらっておきながら、なにひとついい目を見せてやることができなかった。その責任は強く感じている。

だが、さらに強い責任を感じているはずのヒルシャーンは彼らに一言も詫《わ》びなかった。

「………………」

真一文字に引き結ばれた唇はひたすらに何か呑《の》み込んでいるのだ。

その横顔に重なったのは火神傭兵団《かしんようへいだん》団長、アラジの爺《じい》さんが以前に語った言葉だ。

『希望にむかって進んだ先の死は、ただの死ではない、それは生き様というものだ』

詫びて、少しでも気持ちが楽になりたい。そのような態度は男が自分の人生を決断し、全うした、そのことに対する侮辱になる。

だから吐き出さずに、ただ背負う。

これもまたひとつの男の在《あ》り方に違いなかった。

ならば、自分もそれに倣って口を閉ざすしかない。


「ウィラード、これからどうする？」

怒り、悲しみ。誰もがそれぞれの想《おも》いに囚《とら》われて沈黙する中、あまり空気を読まない発言をしたのはディデューンだ。

いや、これは逆に空気を読んだのかもしれない。今後どうすべきかは当然考えなければならないことで、いつまでも感傷に浸っていていいわけがない。その口火を切るべきは比較的彼らとの縁が薄い自分こそが適任。そんなふうにでも思ったのか、この優男はおのれの役回りをきちんとわきまえている。

「やり返すに決まってるだろうが！」

自分が反応するより早く、仲間の亡骸《なきがら》を抱えたままのヒルシャーンが吼《ほ》えた。

血の償《つぐな》いは血でもってする。それはウルズバールの掟《おきて》だ。傭兵団《ようへいだん》にも似たような流儀はあるが、この一族が持つものはもっと苛烈《かれつ》だ。

俺がこいつらに出会ったのはとある村での虐殺事件に巻き込まれたからだが、あれだってそもそもは仲間の復讐《ふくしゅう》に端を発していたと聞いている。しかし——。

「いや、メンシアード王都まで撤収する」

ここはその激情に身を委《ゆだ》ねることはできない。

「どうしてだ！」

「どうしてもなにも、見たらわかんだろ」

指さしたのは今も治療中の連中だ。

被害は大きかったとはいえ、多くは軽傷だ。馬さえ乗り換えれば大半の連中は戦闘を続けることができるだろう。しかし重傷者をほったらかしにはできない。彼らを看病したり、療養できるところまで搬送する人員は割かなくてはならない。

結局のところ戦力は半減しているのだ。それで期待した通りの足止めの効果が得られるかどうか、はなはだ疑問だ。

「それに、またあのでかい弩《いしゆみ》を出してこられたらどうする。なんか対策はあんのか？　てめえ自身はさっきみたいにどうにかできても、他のやつらにてめえと同じことはできねえだろうが」

「……ぐ」

先ほどの戦闘を思い返せば、用意された弩の数は百に満たなかった。そうと知れてしまえばたいした手数とはいえない。移動はきわめて遅いし、動く的に対して精密に狙いを定めることもできない。そういった弱点もわかる。

しかし今回はまんまと誘い込まれ、最も危険な場所に真正面から突っ込んでしまった。手品のタネが割れる前、たった一度しかない機会をむこうは正確に捉えたのだ。

次は対処のしようだってある。しかし相手も同じ手札ばかりを使いまわすはずもない。別の策だって用意してくるに決まっている。

それに何より、一方的に狙い撃ちができる。その大前提が崩れてしまっていた。

有効範囲は狭いが、射程だけでいえばむこうのほうが大きくまさっている。俺たちが攻撃するためには、どこにあるかわからない危険地帯を避けて近づかなくてはならない。

そんなギリギリの綱渡りをしながら互いの戦力を削りあう。ここでそんな勝負はできない。こちらは怪我人《けがにん》が一人二人増えるだけでも大打撃になるのだ。

「……だから、出直しだ。復讐《ふくしゅう》の機会は絶対に作る」

「ただ撤収するだけでいいのですか？　動ける者だけで二、三回、牽制《けんせい》だけでもしておいたほうがいいのでは？」

サファゾーンも勇猛果敢なウルズバールの血族。今すぐにでも報復したい、との思いは強くあるはず。しかし、この意見はそれを抑えつけた上で出てきたきわめて冷静なもの。であれば、そこには一分以上の理はある。

「しない。このまま引き返す」

「……わかりました」

ここで退却を決断したのは戦力の低下ばかりが理由ではない。

――場数が足りてねえ。

むしろそちらの部分が大きい。戦場の駆け引きにおいて俺たちは圧倒的に経験が足りていない。

それを痛感していた。

ジンブラスタ将軍の挑発を無視できていれば、というのは結果論だ。

あれをヒルシャーンが受けて立ったのはじつに自然な成り行きだった。単純に猪武者《いのししむしゃ》だったからでは片づけられない。

あれはそうしたくなるよう演出されていた。それも意図したものではなく、戦場の空気を読んだ上で、流れの中に誘い込まれたのだ。

手のひらの上で転がされたといっていい。

――大人と子供、か。

駆け引きにおいてはそれくらいの差があった。そこは認めよう。

それを踏まえた上で、むこうはこの一戦でもって俺たちを完全に撃退したとは考えないだろう。いまだ警戒は解いていないはず。そこにこれまでの半分の人数で牽制などしてみても、それが虚勢にすぎないことは簡単に見抜かれてしまうに違いない。

ならば消極策であっても完全に姿を消し、こちらの情報の一切を与えないほうがましだ。それで疑心暗鬼にでも囚《とら》われてくれればしめたもの。

とはいえ、むこうはそれすらも読んでくるのかもしれないが。

全軍をさらに後退させ、その日の野営の準備をする。

……甘かった。

焚火《たきび》の炎がゆらめくのを見つめながら、後悔はいまだ胸のうちから離れていなかった。大敗だった。それも、どこにも文句をつけていく場所がないくらいの。

傭兵《ようへい》になって以来、戦いといえるものは何度も経験している。どれも楽なものではなかったが、それでも勝利だけを積み重ねてきた。ここまで一方的にやられたことなどない。

それが過信に繋《つな》がっていたのかもしれない。

最善の努力。おのれのなすべきことをなせば、最後には必ず成功が待っている。そんなことを信じていたつもりはないが、心の片隅にはあったのだろう。

そんなものはまごうことなく傲《おご》りだ。

最善を尽くしているのは自分ばかりではない。誰もがそうしている。であれば、ここまでたまたま運に恵まれていただけで、いずれ敗北に出会うことは必然に違いなかった。

「食え」

いつのまにか食事の準備が整っていたようで、目の前に一杯の椀《わん》が現れた。持ってきたのはヒルシャーン。反対側の手に自分の分も用意していたのか、俺が受け取ったあとはそのまま隣にどっかと腰を下ろした。

「……粥《かゆ》かよ」

器の中には白く濁った汁に浸《つ》かった飯粒が湯気をたてている。それが半分より少し多いくらいの量。

……もうちっとマシなもんがあるだろうが。

毎食好きなだけ食ってもなくならない程度には兵糧《ひょうろう》は潤沢に用意してある。負け戦の後であるからあまり豪勢にふるまう気分にもなれないが、こんなわびしい食事は後悔が増すばかりだ。

「ふん」

わざわざ運んできてくれたのだからいらないとも言えない。申し訳程度に一匙《ひとさじ》を掬《すく》って口に放り込む。

――ん！

ただの粥ではない。そう思ったときには無意識に二口目、三口目を頬張《ほおば》っていた。

俺のこの反応はまさしく思うつぼだったのだろう。間髪入れず四口目を掬おうとしたところで、その手をヒルシャーンが制した。

「待て、あわてるな。おかわりはないぞ」

「あ？」

「二匹しか獲れなかったからな」

それ、と周囲を見るように促されると、全員に同じものが配られていた。ただし量は自分の椀に入れられたもののさらに半分くらい。彼らはそれをあっという間にかき込んだり、大事そうにちびちびと食べたり、思い思いの方法で愉《たの》しんでいる。

「穴熊《あなぐま》だ。今朝仕留めた」

「穴熊？」

これまでに一度も食ったことがない、馴染《なじ》みのない食材だ。

「その骨で念入りに出汁《だし》をとってある。兄弟はただの粥《かゆ》だと思ったみたいだが、そうではあるまい。旨《うま》さはいま味わったとおりだ」

「……正直、驚いた」

あらためて一匙《ひとさじ》をゆっくりと口に入れる。

飯粒のひとつひとつが上質の脂にくるまれているようで、それが少しも獣臭くない。噛《か》むほどに凝縮された濃厚な味が口いっぱいに広がってくる。

「これは、すごいな……」

近くにいたディデューンも小さな感嘆を洩《も》らしたきり自らの器と一対一、黙々と対峙《たいじ》を続けるのみだ。ガキの時分から美味《うま》いものを食い慣れてきたはずのこいつですらこうなのだから、この一品の完成度の高さがわかろうというものだ。

「もちろん肉もある。……ま、一切れずつしかないが」

椀が空になるのを見計らったように、炊事係が俺たち三人のところに皿を運んでくる。上にはいくつかのパンと炙《あぶ》った肉が三枚、乗っていた。

「……なんか気を遣わせちまったみてえだな」

「くく、俺たち三人は特別扱いか」

「なるほど、こういう役得があるのなら責任を背負うのも悪くない」

軍中の飯に上下の差はつけない。エルメライン殿下のやり方を見習ったわけではないが、自分たちもそうしてきた。しかしこの肉だけはその例外とする。ここにいる三人、誰もその欲求に逆らえない。それくらいには美味すぎた。

「戦のあとのお楽しみ。そのつもりでこの獲物《えもの》のことは内緒にしていたんだが――」

それは冗談にかこつけた、弱音を口にできない立場にいるヒルシャーンなりの後悔だったのかもしれない。

「こんなことなら死んだ二人には先に教えておいてやるんだった」

「たしかに。こんな飯が食えるってんなら、死ぬのは惜しいな」

「だろうが。あいつらだってどうにかして生き延びたに決まっている」

美味いものへの執着だけでこの世に踏みとどまれる。ほんとうはそういう甘い話でもない。ヒルシャーンもそれをわかった上で、こういう懺悔《ざんげ》の形だった。

だが、美味いと思うことは生きていることと同義なのかもしれない。人とはこういう小さなものを積み重ねるために生きている。そう思いながら肉の味を噛みしめた。

「酒も、出してやってくれ」

「そうだな。こいつには酒がないと始まらん」

「……ったく。最初からそのつもりか」

俺たちは傭兵団《ようへいだん》だ。正規兵なんかとは違い厳格な規律なんか求めるべくもない。ただ戦の最中くらいは酒を飲んでいい日、よくない日を決めている。でないと歯止めがきかなくなる。今日はよくない日だ。だが、それを許した。

万が一、今ここに敵軍が攻めてきたって構わない。

ふたたび勇を奮い立たせて返り討ち、はできないにしても、大騒ぎしながら逃げてやればいい。そうして生き延びるのだ。明日また腹いっぱいに美味《うま》いものを食うために。次こそ勝利の美酒に酔いしれるために。

俺たちの完全勝利。そのための戦略は破れた。

しかし、まだ何かが終わったわけではない。いや、メンシアードにとっての大事件はまだ始まってもいない。この国に住まう人々の多くにとってはそう見える段階でしかないのだ。

大一番はこの数日後にこそ控えている。

王都決戦。雌雄は衆目を集めるその場所でこそ決することになるだろう。

メンシアードの二人の姫君。プリスペリア殿下とエルメライン殿下。彼女らに代表される、国家の文武を分かつもの。それはすでに立場の上下や精神的な断絶など、目に見えぬ不確かなものではなくなっていた。

今、そこは王都の城壁という単純な物理だけで隔たれている。それを力が打ち破るのか、智によってなお屹立《きつりつ》したままなのか。

両者の命運が定まるのに、俺の果たす役割は小さくない。

# 第七十七話　ふたたび王都にて

「あんたがウィラード・シャマリかい？」

メンシアード王宮の奥の院とでもいうべきところ。国王代理の執務室。

そこに入った途端、見たこともない人物の両手が左右から俺の顔を挟みこんだ。

「…………？　だあれ？」

黒衣の袖から伸びた筋張った手に敵意は感じられない。

ふむふむと俺の人品骨柄《じんぴんこつがら》を確かめるように、間近で視線を合わせてくるのは皺深《しわぶか》い老婆だった。

ババアとはいえ老いぼれた雰囲気ではない。鋭い目つきと矍鑠《かくしゃく》とした仕草。着ているものも何やら上等。半世紀前なら誰もが振り返るメンシアード小町だった、と言われれば信じてもいい。

だが現在のところ、それはやはり見知らぬ無礼なババアでしかなかった。

この部屋の中にはプリスペリア殿下、ロスター将軍など数名の人間がいるのだが、この狼藉《ろうぜき》を咎《とが》める人物はなぜかひとりもいない。

「レギン領の家宰、ビザン様でいらっしゃいます」

殿下の近くに控えたユリエルダがその正体を告げた。

レギンはプリスペリア殿下の領地。家宰はいわばそこの宰相《さいしょう》だ。ならばこの老女は殿下の身の回りの世話をする係などではなく、ロスター将軍よりも格上、堂々たる家来の一番手ということになる。

「……そんな大物が今までどこに隠れてたんだよ」

「かかっ、これまでさんざ世話になっときながら、隠れてたとは失礼な言い草だね」

「ん………？」

偉そうに世話してやったなどと言われたところで、こっちにそんな覚えなどない。

「あんたらずいぶんと機嫌よくメンシアードの庭《うち》を荒らしまわったみたいだね」

そんな手掛かりを与えられてやっと心当たりがあった。

「あれはあんたのお膳立てか！」

この国での戦い、序盤はずいぶんと楽をさせてもらっている。それはプリスペリア殿下の大胆ともいえる戦略のお陰かと思っていたが、単純にそれだけではなかった。

彼女は確かに稀有《けう》な才の持ち主だ。しかし、あの若さで能力のすべてが完成されているはずもない。その卓越した発想を形にするためには大勢の人間を使わなくてはならず、それらの根回しには老練な手腕が必要だ。その実務を担当したのがこの老婆だったということだ。

「だったらちゃんとお礼言っとかなきゃな。ありがとよ、婆《ばあ》ちゃん」

「素直にお礼が言えるのは感心だけど、婆ちゃんはいただけないねえ、坊や。あたしはレギン公にお仕えするシャリエラ・ビザン。堅っ苦しいのは嫌いでね。気軽にシャリエラ様とお呼び」

「はあ」

様付けを強要するのが気軽かどうかはわからないし、これを本気で言っているのかどうかも怪しい。おとなしく言いなりになるより、このまま婆ちゃん、坊やで呼び合ったほうがいいような気もする。

「こっちもやっとこ撤収が終わったんでね――」

撤収、という言葉で事情が飲み込めた。この人はこれまではずっとレギンにいたのだ。俺たちはすでに一蓮托生《いちれんたくしょう》で、公《おおやけ》になればいろいろとマズいこともやっている。もろもろの作業は他人の目が届かない場所でするほうが都合良かったはずだ。

そして、レギンにおける最後の仕事が領内の財物を整理することだった。これは俺たちが他の町でやってきたことと同じだ。金になるものを残しておけば軍が放っておくわけもなく、ちょっと寄り道して補給ができる。ただレギンは王都にほど近い場所にあるから、それはほんとうに最後の最後で構わなかったということだ。

「あとは殿下の傍《そば》でゆっくり始末を見届けるだけかと思ってたんだけどねえ」

「……面目《めんぼく》ねえことになっちまった」

ここでようやく、俺はみんなの前で頭を下げることができた。

この場を訪れた本来の目的は屈辱的な惨敗《ざんぱい》の報告だ。まずはそれをしないと始まらない。とはいえあらましは早馬で先に伝えているので、これは区切りをつけるための意味形式にすぎない。

戻ってくるまでには数日の猶予《ゆうよ》があったわけで、敗戦の衝撃からは立ち直り、精神の均衡は取り戻したつもりだ。今なら恥も罰も甘んじて受け入れられる。

しかし聡明な殿下のこと、この状況でそんな一銭の得にもならない鬱憤《うっぷん》晴らしをするはずがないこともわかっていた。

それでも、彼女の目を直視しづらいと思ったのは確かだ。

『殿下とこの国に仇《あだ》なすものは、この青龍将軍《ラヴァン・エルーダ》ウィラード・シャマリがすべて斬り伏せてご覧にいれましょう。どうか安んじてお任せあれ』

出陣に先立ち、大観衆の前でそんな大見得《おおみえ》を切ってみせたくせにこの体《てい》たらく。会わせる顔がないとはまさしくこのことだ。

「………シャマリ様、頭をお上げください。ご無理を申し上げたのはこちらです。ご無事にお帰りいただけたことは何よりでございます」

殿下の表情はこれまでに見たどの時よりも暗い。

彼女が望んだこと。王室の内紛を反乱にまで至らせない。その思いはもはや完全に果たせなくなってしまった。

叱責《しっせき》ではなくとも泣き言か嫌味のひとつくらいはこぼしたっていいだろうに、発される言葉には俺を批難してくるような響きはひとつもない。ただただ幸薄そうな顔で労《ねぎら》っていただけだった。

……皮肉なもんだ。

今まさに大乱になろうかというのに、この国は人を得ていた。

エルメラインもそうだったが、この娘も人の上に立つ者としてきわめてちゃんとしている。次代の王としての資質は十分に備えていた。

そうしてちゃんとしてくれているがゆえに、こちらの申し訳なさにも拍車がかかるというものだ。

――負けるべくして負けた。

先の戦いについてそういう反省はあるが、だからといって自分たちの力が完全に及ばなかったとも思わない。

敵に選択を迫る。俺たちはそう考えて騎馬突撃を決断した。結果はあっけない不発。今にして思えばそれはやはり自分たちの功名心か、あるいは若さのなせるところだったのだろう。要するに自分たちの力を誇示してみせたかった。それだけのことだ。そしてそうであるがゆえにまんまと足元を掬《すく》われたのだ。

手札は温存し、バカのひとつ覚えだと思われようが愚直に弓戦《きゅうせん》を続ける。二度目の襲撃時にその自制ができていれば話は変わっていたはずだ。

立場を変えて考えれば、相手は遠い間合いからちくちく攻撃されることにつきあいたくなかったからこそ、あのような挑発を弄してきたのだともいえる。

であれば、先の足止め作戦が殿下のいうような無理な注文であったかといえば、決してそうではなかったはずなのだ。

「……馬鹿者めが」

背後からロスター将軍の小さな罵声が聞こえてきたが、これは逆に自分の心を軽くした。ここで慰められるだけ慰められて、なんのお咎《とが》めもなしでは逆に尻の座りが悪いというものだ。あるいは爺《じい》さんのほうでも案外そのつもりで言ってくれたのかもしれない。

「すまねえな。爺さん」

「すまないと思ったのなら次はしゃんとすることだ」

「は、ぼろくそに負けたってのに、まだ期待してくれんのか」

「儂《わし》だってしたくはないが、他に期待していくところもないのでな」

「ま、その通りだ。俺たちを雇って損したと思われねえ程度にはやってみるさ」

これは何気ない軽口にすぎなかったが、プリスペリア殿下が即座に反応した。俯《うつむ》きがちな頭がわずかに上を向き、寂しそうな瞳に少しの光が灯ったように思えた。

「まだ、戦っていただけるのですか？」

その確認は彼女にとっては当然のことだったのかもしれない。

俺たちは金で雇われた傭兵《ようへい》にすぎず、彼女に対する忠誠なんかない。ただただ自分たちの損得に基づいてのみ行動するだけだ。それはお互い納得ずくのことでもある。

『まさかこんなおっかねえ仕事だとは露《つゆ》も思いやせんでした。命あっての物種。皆々様にはまことに申し訳ねえことですが、これにてお暇頂戴《ちょうだい》いたしやす』

無頼漢《ぶらいかん》どもが欲に目が眩《くら》んでいるうちは威勢もいいだろうが、いざ命の危険に直面すれば不細工に退散するかもしれない。あまり見くびってくれるなと言いたいところだが、その可能性は見積もられていてもおかしくはなかった。

「あー、ちょっと心配させちまったか。だがこのウィラード・シャマリ、借りはちゃんと返す主義だ」

その種類は異なるが、借りたという気持ちはプリスペリア殿下、エルメライン殿下双方に対して抱いている。この先どちらからも返済を催促されたりはしないだろうが、びた一文支払うことなくしらばっくれるのも不実が過ぎる。信用というものは誠実の積み重ねによって成るのだ。

「ま、あんたと一緒に死んでやるわけにはいかないが、お互いに若い身空だ。できたら一緒に長生きしようじゃねえか」

手ひどい惨敗《ざんぱい》を喫した以上、確実な約束などできた義理ではない。ここで提示して見せたのはただの努力目標だ。

「この破廉恥漢《はれんちかん》めが！」

「は？」

この時点までとくに怒られたりしなかったのだが、なぜか突然の怒声が浴びせかけられた。その主はロスター将軍でもシャリエラ様でもプリスペリア殿下でもなく、殿下の傍《そば》に付き従うユリエルダ。

……ハレンチカンて。

罵倒の言葉などいろいろあるだろうに、ここでこれをもってくるあたり言葉選びの感覚がいかにもどうかしている。

「貴様！　姫の窮状につけこんで求婚などと、身分をわきまえんか！」

「や、今のはそんなんじゃねえだろ」

この女は俺とは違い、主君に対する忠誠だけは有り余っている。たぶん『一緒に長生き』という部分に『共に白髪《しらが》の生えるまで』に近い印象を持ってしまったのだろう。とはいえそんな言葉尻だけ捕まえて求婚などとは妄想がたくましいというか、発想がみだりに飛躍しすぎだ。

「まったくだ。聞き捨てならないな」

こいつの出る幕もないと思うのだが、なぜか横から割り込んでくるディデューン。

「ユリエルダ君の誠忠には毫《ごう》も曇りなしとお見受けするところだが、身分をわきまえよとの仰《おお》せはいささか杓子定規《しゃくしじょうぎ》が過ぎるというものだ。この青龍将軍《ラヴァン・エルーダ》ウィラード・シャマリ君はビムラの歌姫様から熱烈な求愛を受けただけでなく、東パンジャリーのブロンダート摂政《せっしょう》殿下からもぜひ娘の婿にと望まれたほどの有望株だ。そう頭ごなしに拒絶せずとも、ご主君の将来のために一考の価値はあるんじゃないかな」

「……え、あの、その……」

思わぬ反論。その出所が憎からず思っている美丈夫《イケメン》からだったことに戸惑うユリエルダなのだが——。

「黙ってろこのスットコドッコイ！　話をややこしくすんな！」

そこは俺が代わりに封じ込めておいてやる。しょうもない弁護なんかしてもらわなくて結構。身分違いとかもどうでもいい。それにブロンダート殿下うんぬんの件については、こいつはその場に居合わせていなかったし自分から喋《しゃべ》ってもいないはずなのだがよく知ってやがるこん畜生。

あと数日もすれば否《いや》が応《おう》でも大戦が始まってしまう。それまでに話し合っておかなくてはならないことはくさるほどあるはずだ。こんなくだらない議題を面白半分で取り上げられても時間の無駄というものだ。

「そんで、これからどうすればいい？」

改めてプリスペリア殿下に向き合う。しかし彼女の次なる指示はいささか悠長とも思えるものだった。

「シャマリ様方も遠征でお疲れでしょうから、本日はお休みくださいますよう」

「んな――」

遠征とはいえほとんど行って帰ってきただけで、実際に戦ったのはわずか一日にすぎない。疲れがないとはいえないが、そんなことを言っていられる状況でもないだろう。

そう反駁《はんばく》しようとして、ロスター将軍に遮られた。

「馬鹿者」

「あ？」

今度の馬鹿はさっきの馬鹿とは違う。心底馬鹿にしたような馬鹿者だ。

「姫様が休まれよと言っている。ならばお言葉に甘えておけ」

「つっても――」

「休め。たった一度の負けだ。引きずるな」

「…………ぬ」

いずれ決戦の時はやってくる。しかしそれは今ではない。

俺は焦っていたのだろう。自分では落ち着いているつもりだったが、傍《はた》から見れば案外そうでもなかったらしい。

――負けた分を取り返そうとして前のめりになってる、か。

賭場であれば完全なるカモ。すってんてんになるまで毟《むし》られる心理状態だ。ならば一旦頭を冷やすべきだろう。でないとまた同じ轍《てつ》を踏むことになる。

じゃあな、と大人しく退出しようとしたところで横から声をかけられた。

「言わんこっちゃねえ。ちったあ自信あったんだろうが、ウチの大将はあんたみたいなポッと出の若僧に簡単に転がされるほどヤワじゃねえんだよ」

おちょくるような言い方だったが、それほど悪意は感じない。振り返った先には見覚えのある顔が立っていた。

だが、こいつはこんな場所にいていいはずのない人間だ。

「……なんでてめえがここに」

ロスター将軍の後方。さも当然といったふうで、もとからの手下みたいに控えていたのは行きがけに遭遇した偵察隊の隊長。戦わずして降参した無精髭《ぶしょうひげ》だった。

「うはは、ツバル・バドラスだ。よろしくな」

「よろしくするような仲じゃねえだろが。って、馬鹿正直に王都《ここ》にいるってだけでも驚きなのに、なにあたりまえみたいな顔して使われてんだよ」

その質問には使っているほうの人間が割り込んで答えた。

「こやつ、突然王都に帰ってきたかと思えば、自分たちは捕虜だから牢屋《ろうや》に入れてくれとかぬかしくさる。どう見たってサボる気満々じゃ。この忙しい時にそんなタダ飯食らいを飼っておくわけにはいかんだろう」

「いやまあ、そうかもしれんけど。だったらそいつ、エルメライン殿下を裏切ってこっちについたってのか？」

あの時の態度からすればそれはないように思える。さっきも『ウチの大将』とか言っていたくらいで、たぶん忠誠心はまだそっちのほうをむいている。

「裏切っちゃいねえよ」

「裏切らせてはおらんな。武人にとって節義は命より重んずるべきもの。儂《わし》だってこやつに矛《ほこ》を逆しまにせよとまで望んでおらん。万が一自分から言ってきたのなら打ち首にしておったところじゃ」

「打ち首はやりすぎだろ」

軍法をないがしろにするのにもほどがある。爺《じい》さん流の冗談には違いないが、とはいえそういうのの許せない性分ではあるのだろう。

「じゃが今は非常時で猫の手も借りたいところ。こやつにすることがないのなら城内の警邏《けいら》くらいさせても節義に背いたことにはならんだろう。一緒に戻ってきた部下たちを率いてせいぜい悪党の取り締まりに励めと命じておる」

「…………………」

果たしてそれが妥当な処置であるのかどうかさっぱり判断がつかない。ある程度信用できるのだろうが、ある程度までだ。絶対に完全ではない。そんな奴を自由にうろうろさせていいものなのか。

「エルメラインの軍勢が城の近くまで来たら？」

「そのときは改めて牢《ろう》でおとなしくしていてもらうまでよ」

「んなむちゃくちゃな」

しばらく好きにこき使ったあとは、自ら捕縛した酔漢《すいかん》やコソ泥どもと一緒にブタ箱に入っておけ。とはあまりにも馬鹿馬鹿しい仕打ちには違いない。

「ま、そういうことらしい。兵隊ってのは悲しいかな、先達《せんだつ》の言うことには逆らえんのよ」

バドラスはそんなふうに肩をすくめた。

「大将軍閣下の不利になるようなことはしねえが、こっち側の不利になるような真似《まね》もしねえ。こりゃまあ節義ってやつだ」

「…………」

本人がそれでいいというのなら、外野からやいやい言うことでもない。この二人はいわば師匠と弟子みたいな間柄で、当人たちの間にしか通じない信頼か、くされ縁みたいなものがあるのだろう。

「あんたの剣、あとで届けさせる」

こいつの顔を見ていたら戦利品として奪ったもののことを思い出した。

切れ味ではなく重さで圧《お》し斬るような幅広で武骨な短刃。あまりよそでは見ない形だったのでよく覚えている。それほど高級品ではないだろうが、刃や握りのすり減り方、丁寧な手入れがまさに愛刀という雰囲気だった。

経緯からすればもはや完全に俺たちの物であるのだが、なんとなく返してやってもいいような気分になった。

「お、そりゃ助かる。かたっぽは官給品だからどうでもいいんだが、もう一本は死んだ女房が内職で貯めて贈ってくれたやつだからな。手放すのは惜しいと思ってたんだ」

「だ！」

妻の形見。思いもよらなかった来歴を唐突に教えられて一瞬たじろぐ。この男の年恰好《としかっこう》からすれば、その人はおそらく若くして亡くなったのだろう。

「……そんな大事なもん、簡単に他人にくれてやるなよ」

「あの場はそうしねえと収まんなかっただろうが」

いやまあそれはその通りなのだが、この軽い口調もそうだし、あの時無造作に放り投げた態度についてもあれがこいつにとって貴重なものであるとは感じさせなかった。

しかし、そうと悟らせないことがこの男なりの矜持《きょうじ》だったのだろう。なんの根拠があるわけでもないが、そんなふうに思った。

ディデューン、ヒルシャーンとともにねぐらになっている軍の詰所に帰還する。

そこは出陣の時と比べると、数倍の人々でごったがえしていた。その正体は言うまでもない。

俺たちの不在の間に王都防衛戦の戦力として集まってきた傭兵《ようへい》たちだ。

地元の傭兵団は町の中にそれぞれの本拠を構えているので、この辺りをうろうろしているのは大半がメンシアードの王都以外の地域、もしくは国外から来た連中だろう。

先に戻った誰かから聞いていたのか、門の前ではイルミナが待っていた。

俺たちを目ざとく見つけると、人ごみをひょいひょいと避けて近づいてくる。

「ウィラード様」

「おう、帰ったぞ」

「負けましたか」

久しぶりに会った挨拶《あいさつ》がいきなりそれかと思わなくもないが、負けたことは明々白々の事実であるのでみっともない負け惜しみはナシだ。

バドラスのおっさんに限らず男は格好をつけたがる生き物であって、俺自身にもその傾向は多分にある。言い方はあれだがイルミナは一応心配してくれているのだ。ならば年長者たるもの弟《てい》妹《まい》に対してしょぼくれた顔は見せられない。

「負けた。こてんぱんに負けた」

「それはよかったです」

「……あのな」

いや、わかっている。こいつは俺が負けてよかったと思っているわけではない。これは本来あってしかるべき途中の会話をいくらか端折《はしょ》っただけだ。

こてんぱんに負けた。そう笑い飛ばせるくらいには俺の根性は折れも曲がりもしていない。そのことを指してよかったと評したのだ。

とはいえ無礼千万な言い草には違いない。傍《そば》のディデューンやヒルシャーンが誤解したかもしれないし、他のところで粗相《そそう》をしでかさないためにもお仕置きくらいはしておく必要があるだろう。

「おりゃ」

「あうっ」

両腕を大きく広げて掴《つか》みかかり、首を小脇に抱え込んでやる。そのまま頭を撫《な》でまくった。そうやってイルミナをむーむー言わせている横で、ディデューンたちが周囲の様子を見渡して感想を漏らした。

「賑《にぎ》やかなのはいいが、どうにも程度の低そうなのばかりだね」

「ふん。雑魚《ざこ》どもがウジャウジャと」

ものの言い方をわきまえないのはイルミナばかりではない。こいつらも同じだ。

「……雑魚とか程度ひくいとか言うな。あれでも味方だ」

それにしても人数が多い。というか多すぎる。

いや、予定では正規軍に匹敵する数、五〇〇〇とはいわないまでもそれに近い雇用を企んでいたので、この程度の人出はあってもおかしくはない。とはいえこんな表で固まらずとも建物の中に入るなり、どこかに出歩くなりすればいいだろう。

「ん？　何だありゃ」

門を入った内側にはいくつかの机が並べられ、何かしらの手続きをやっている。この近辺に人が滞留しているのはどうもあれが原因のようだ。

「あれは傭兵《ようへい》ギルドが出張してきています」

答えが自分の腋《わき》の下から返ってきた。

「なるほど。こいつらはまだ手続きの終わってない連中か」

ビムラにいたときにも経験がある。戦争前の傭兵ギルドはこんなふうに人で溢《あふ》れかえるのだ。この国の傭兵ギルド支部はビムラよりも大きいが、それでも限界はある。今回のように短期間で数千人の傭兵を募集するとなればギルドの建物に入りきるわけがなく、何日たっても事務作業が終わらない。

「……にしても、場所だけ広げても人手が足りなかったら一緒じゃねえのか？」

「ああ、ウィラードさん」

「げ」

机のむこう側から自分を呼ぶ声がした。そちらを見てみればよく知った顔が手を挙げる。

無視したいところだが、それもできない。しかたなくそちらのほうへ歩み寄った。

「………ごぶさた」

「相変わらずお元気そうで。あ、鎧《よろい》を新調されたんですね。似合ってるじゃないですか」

「……そうですか」

なんであんたが。そう尋ねるまでもない。今回の仕事は傭兵ギルドにとってもそれなりに大仕事であるから、比較的近所であるビムラから応援にかき集められたのだ。わざわざ支部長様みずから来なくても、とは思わなくもないが、その理由も確かめなくていい。たぶんこいつは喜んで来ている。

その証拠《しょうこ》にこちらが問いかけたわけでもないのに、ソムデンのほうから何かしらべらべらと喋《しゃべ》りかけてくる。

「いやいや、私どもが戦争の当事者のどちらか片方に肩入れするというのは基本的にはないことなんですが――」

それはまあ当然だ。そんなことをすれば傭兵ギルドの公平性が失われる。それは信用第一を旨とするギルドが自らの存在意義を毀損《きそん》することであり、組織の存続を危うくすることでもある。

かつてのパンジャリー内戦でも東西両方の陣営がギルドに傭兵の募集をかけたが、あの時もソムデンは双方の依頼を平等に扱った。俺個人に対しては小さな便宜を図ってくれたが、それも客観的に見てあからさまな贔屓《ひいき》では決してなかった。

「ただ今回エルメライン殿下のほうはギルドをご利用いただいてませんからね。私どもとしましても堂々とウィラードさんのお味方ができるってものです」

「……それはそれは、ありがとさんでごぜえます」

そこでふと、ひとつの用事を思い出した。

それは自分の気持ち的には過ぎたこととして流してしまってもいいのだが、仁義としてけじめをつけておく必要のあるものだ。

「そういえばあんたには怒っとかなきゃいけねえことがあったんだ」

「え？　何です？」

まったく身に覚えがなさそうな面《つら》。べつに怒りがあったわけではないのだが、こんなふうにされると腹が立つ。

「伯父貴《おじき》の件だよ。あれ仕組んだのあんただろ」

俺たちに今回の仕事をさせようとして、ビムラ独立軍との離間を画策した。そこまではまあ許せる。しかし、そのために団長とその家族とを生贄《いけにえ》にしようとしたのは許せない。最終的に誰の命にも別状なかったとはいえ、あれはなにもなかったことにはできない。それなりの落とし前はつけてもらわないと団の沽券《こけん》にも関わる。

「ああ、あれですか。あれは私じゃないですよ」

自分では少々凄《すご》んでみせたつもりだが、ソムデンの飄々《ひょうひょう》とした態度は崩れない。

「誰かがウィラードさんたちにメンシアード《こ》での仕事をさせようとした。という読みはどこかにはあるのかもしれません。ですが、誓って私の仕業ではありません」

「ち、神に誓ってか。あいにく俺はそんなもんに縁はねえんだよ」

「いいえ、うちの奥さんに誓いますよ」

「…………ぬ」

マイアさんの名前を出してこられるといささか分が悪い。もちろん悪い印象などひとつもないのだが、あの人を前にすると自らの感情の昂揚《こうよう》がすべてガキくさいわがままにすぎないような気分になるのだ。

「くそったれが。だったら信用するしかねえじゃねえか」

それにこの男の性格からすれば、俺をハメたらハメたで正直にそれをタネ明かししてくるはずだ。しかも俺が感情的に反撃できないような体勢に追い込んだ上でだ。であれば今がまさにそういう状況であるから、こいつが奥さんを利用してまで嘘《うそ》を重ねる必要はない。

「あんたじゃねえとしたら、メンシアードのギルドか？」

自分で言っておきながら、その可能性は薄いように思えた。

伯父貴に女房子供がいるというのは俺でさえ知らなかった秘密だ。それを遠隔地の傭兵《ようへい》ギルドが探し当てて利用したとも考えにくい。山猫傭兵団《ウーチ》を利用したかったのならそんな回りくどいことをせずとも普通に報酬をはずめばいいだけの話だ。

「さあ？　それはわかりませんけども」

「だったら、わからんままのほうがいいか」

いささか消化不良ではあるが、ここは『ビムラ独立軍よ、よくぞ山猫傭兵団《ウーチ》の団長の秘密を探し当てたな。敵ながらあっぱれ』ということにしておいたほうがいいのかもしれない。別に策謀の主が明らかになったとして、そっちを追及する羽目になるのも面倒で、たぶん何の得もない。

「それから、ウィストラントのモーモー総督の噂《うわさ》は聞かれましたか？」

「聞いてるわけねえだろ」

俺たちがビムラを捨てることになったのは、あの国から送られてきた書状が最後の後押しだ。それにはなんとなく因縁《いんねん》めいたものを感じるが、だからといって噂話が聞こえてくるほど近しい関係ではない。

「どうしたよ。あのおっさん、俺に負けたのを恥じて腹でも切ったってのか？」

「惜しいですね。その方、国内での声望がさらに高まったらしいですよ」

「ぜんぜん惜しくねえだろうが！」

ソムデンは普段から妙に俺を持ち上げてくるきらいがあるが、これはさすがにおだて方がヘタにもほどがある。

「いえいえ。途中まではウィラードさんの仰《おっしゃ》ったとおりなんですって」

「へ？」

「だからですね、モーモーさんは王都に戻ってウィラードさんに負けた報告をしたあと、官職と家禄《かろく》を返上して自宅に引きこもっちゃったわけですよ。『本来なれば一命をもって謝罪するところなれど、この命はすでにお国のもの。おのれの一存でもって損なうことあたわず。願わくば王命にて死を賜らんことを』といったところです」

ウィストラントの国王、それに議会はもともと総督を処断したいとは考えてはいなかった。それはあくまで独断、というか暴走で、厄介なことにその決意は固かった。

「どうも国王陛下みずからモーモーさんの邸宅に赴いたらしいですね。『賊を相手に一敗地に塗《まみ》れたのは卿《きょう》らしからぬ失態なれど、その後の身の処し方はまこと卿らしき清廉なるもの。もし余がここで卿を失うことがあれば、今後は一体誰にその清廉を求めればよいのか』とまあ、そんなふうなやりとりがあってですね、三顧《さんこ》の礼をもって元鞘《もとさや》に納まってもらったわけです」

「えらく芝居《しばい》がかってんな」

「そうかもしれません。ですが、恐ろしくないですか？」

「…………だな」

賊に国境突破を許したことは、もともと強く懲戒される事態ではなかったかと思われる。しかしそういう芝居を打てば、失敗をチャラにできる上に立場の上乗せができる。

とはいえ、九分九厘《くぶくりん》の勝算があったところでやりたくはない。出目が悪ければほんとうに腹を切ることになるのだ。

逆に本気で死んで詫《わ》びるつもりだったのだとすれば、あのおっさんは馬鹿の横綱だ。それは少々のお利口さんでは束になっても敵《かな》わない大人物の資質だといえる。どちらにせよ一個の傑物《けつぶつ》であるとしたほうがよさそうだ。

この先モーモーが歴史に名前を残すようなことがあれば、今回のことはそれこそ芝居になってもおかしくない挿話《エピソード》になるかもしれない。

「それからモーモーさんは再び任地に赴いたわけです」

デインバレス・モーモーは俺たちが通ったあたりではちょっとは知られた名前だ。

その強敵の不在に乗じ、隣国リバーデンが国境を越えて兵を展開してきていた。万が一戻ってきたとしても通りすがりの賊徒ごときに蹴散らされた将軍様など怖くはない、との侮りもあったかもしれない。

「到着するや否や、ちょっかいをかけてきていた軍勢は追い払われ、逆にいくつかの城まで陥《お》とされたらしいですよ」

やはりもともとの手腕は高かったのだろう。俺たちが国境を破ることができたのは、単に巡り合わせが良かったからだ。

「……俺の名前で戦捷祝《せんしょういわ》いと詫《わ》び状でも送っといてくれ」

「ははっ、さすがはウィラードさん。傭兵団《ようへいだん》が一国の将軍に対して戦捷祝いを送るというのはこれまでになかった発想です。とはいえ――」

「まあ賄賂《わいろ》だわな。それかタチの悪いイヤミだ」

「でしたら受け取ってもらえないかもしれませんね」

「それでも頼む」

「はいはい。承りました」

幸いにして祝い金を送るくらいの銀子《ぎんす》は十分にある。あの偏固親父《へんこおやじ》が謂《いわ》れのない贈り物に喜ぶとも思えないが、詫び状だけでも受け取らせればこれ以上悪縁の持ち越しにはならないはず。そんなので足元を掬《すく》われるのは一度きりでたくさんだ。

――とはいえ、こっちも負けちゃいらんねえな。

俺が蹴散らしたはずのおっさんはその敗北に引きずられることなく、わずかな期間で失地を回復した。あんな頭の薄くなったおっさんにすらできたことだ、若い俺にできないはずがない。

さほど重要でもないこの噂話《うわさばなし》。ソムデンがあえてここで振ってきたのは、俺に対する気遣いなのかもしれなかった。


ソムデンと別れて建物の中に入る。

入口から近い場所にあるのが千にも近い席が並ぶ広い大食堂だ。かつては正規兵がお行儀よく飯を食っていたのだろうが、今では下品な傭兵どものたまり場になっている。

それぞれの卓は傭兵団ごとに固まって座っているようだ。山猫《ウ》傭兵《チ》団は地元の連中を差し置いて上座のいいところに陣取っていた。これはまあ今の俺たちの立場を示しているといっていい。

「おう、ウィラード。あんた宛の荷物だが、勝手に開けて食ってるぜ」

近づいたところに声をかけてきたのはバルキレオだ。手に持っているのは饅頭《まんじゅう》で、卓の上にも果実などがいくつも転がっている。

「ぜんぜん構わねえが、山猫《ウ》傭兵《チ》団以外の連中にもちゃんと分けてやれよ」

このあたりの事情は説明されずとも察しがつく。こいつらが食っているのは俺たちが不在の間に届けられた市民からの差し入れや商人たちからのつけ届けのようなものだ。正規軍に代わって王都に居座りだした連中に対してのひとまずの様子見というか、軽い挨拶《あいさつ》。金額的にはさほど値の張るものではない。

宛先は代表者である俺の名前になっていて当然だが、そもそも酒や食い物などひとりで消費してしまえる量ではない。独占したって顰蹙《ひんしゅく》を買うだけだ。

「そのへんはジュラスの奴がうまいことやってるみてえだぜ」

「へえ、事務方の仕事が板についてきてんのかね」

しばらくろくに指導もしてやれていないが、それが逆に自立を促したのか。あいつもなかなか気が利くようになっている。とはいえ完璧にはまだ遠いらしく、大部屋の壁際にはまだ手つかずの荷物が積まれていた。

「……あれもさっさと片づけりゃいいのに」

これがなかなかの量で、天井まで届きそうなくらいある。ここは他の傭兵団《ようへいだん》の出入りもあって、その中には手癖の悪い奴もかなりの割合で紛れ込んでいるだろう。こんなふうに置きっぱなしにするのは物騒で仕方がない。バルキレオたちがここにいるのも半分は見張りの意味なのだろうが、そのうちパクったパクってねえで喧嘩《けんか》にでもなりそうだ。

「あれはまあ私物だってよ。勝手に触るのもアレだってんで、ジュラスも困ってる」

「へ？」

近寄って見ればそれぞれの荷物には個別に宛名書きが貼られていた。どれも女性が書いたような筆跡でディデューン様ディデューン様ディデューン様となっていて、そこそこの割合でヒルシャーン様が混ざっている。箱の大きさや包装からして手巾《ハンカチ》や装飾品《アクセサリー》などの雑貨、あるいは食い物であっても手作りお菓子の類《たぐい》かと推測された。

「ティラガの分も結構あったぞ。それはもうみんなに分けてくれたが」

「…………」

どうもこれらは『なにとぞお手柔らかに』『どうぞよしなに』的ある種不純な贈り物ではなく、個人に対しての純粋な好意の表れであるらしい。

たしかに俺たちはカッコいい。市民たちに余計な不安を与えないようあえてそう演出した部分さえある。こんな贈り物をもらえることまでは想定していなかったが、叙任式典を見に来たり、騎乗で城内を闊歩《かっぽ》する姿とすれ違った人々の中にそういう贔屓筋《ひいきすじ》が生まれたりしたところで何もおかしくはない。

ただ、どうにも腑《ふ》に落ちないことが一点――。

「……俺宛のこういうのはないの？」

信じられないことだがこれだけ大量に荷物があって、その中に自分の名前がひとつとしてないのだ。

「知らん。ねえんじゃねえの？」

「あるだろ。隠してるだろ」

「知らんつってんだろ」

あるはずだ。ないわけがない。そのカッコいい俺たちの中に、この俺自身が含まれていないというのはありえない。さすがに金髪碧眼《へきがん》の二枚目貴族様より人気がとれるとは思い上がっていないが、ふつうに考えてハナ差の二着が俺であるのは当然だ。

「……とくにありませんでしたが」

絶望的な宣告。イルミナはジュラスの仕事も手伝っていただろうから、こいつがないと言うのならほんとうにないのだ。

「なんでだ」

「ないものはないとしか」

そこで、はははは、という笑い声が差し込まれた。

「そんなの、遠慮したに決まってるじゃないか」

しゃしゃり出たのはディデューン《くそったれ》。ごくわずかの期間で王都の女性人気のほとんどを掻《か》っ攫《さら》ってしまったこいつであればこそ、この不可思議な事態の真実はわかってしまうらしい。とはいえ――。

「遠慮される覚えなんかねえんだが。俺を贔屓《ひいき》にしてくれるってんなら、どなた様からの献上品でもありがたく頂戴《ちょうだい》するっての」

「……はあ」

呆《あき》れたように両の手掌《てのひら》を広げられる。どうもこれは的を外した意見だったようだ。

「ウィラードに対して遠慮なんか誰がするものか。まったく、その腰に差さってるのは一体何だと思ってるんだい？」

「あ？」

わざわざ視線を落として確かめるまでもない。そこにあるのはプリスペリア殿下より拝領したメンシアードの至宝、護国の魂、元戎剣《げんじゅうけん》――。

「…………マジか」

「そういうことだね」

続きは口に出して説明されるまでもなかった。腰の重さは伝統の重さ。自分が身に余る厚遇を受けていることの象徴だ。

「まあ私たちは将軍様に任じられたとはいえ若すぎるからね。そこはまあ情実を疑われても仕方ないということさ」

「……む。むむ」

俺には最初から国王代理であるレギン公プリスペリア殿下というそれはそれは太い支援者《タニマチ》がついていた。色恋沙汰《ざた》とはまったく無縁の関係だが、他人がそう見てくれるとは限らない。いや、人というものはわかりやすい解釈こそ好むものだ。

であれば、この国のうら若き女性たちの目に俺の姿がどれほどかっこよく映ったところで、大権力者様からの不興を買ってまで色目を使う気にはならなかったのだ。

「だからさっきのユリエルダ君の反応も突然降って湧いたわけじゃなくて、そのあたりの空気を変に意識しちゃったんじゃないのかな？」

「ったく、根も葉もねえことだろうがよ」

とはいえこうしてわかりやすい形で結果が示されれば、世間様が考える俺自身の立ち位置もわかる。俺はプリスペリア殿下の情夫か何かだということにされていた。

ユリエルダはそれに惑わされ、俺が調子に乗っているようにも見えたのだろう。あまつさえ噂《うわさ》を真実にしようとした、という解釈までされてしまったわけだ。

……まったく。

この件については文句をつけていくべき相手がいるわけでもなく、こめかみを押さえることしかできない。

「それはそうとウィラードよ」

ここでバルキレオからひとつの質問が投げかけられた。

「お前、えらく早《はえ》えお戻りじゃねえか。正規軍どもを足止めしてくるんじゃなかったのか？」

……おやっさん空気読めよ。

現在の状況を知りたいというのは当然なのだが、時と場合というものがある。

これに即答するか否か、周囲を観察しながら一瞬考えた。そこで出した結論は――。

「そりゃ一回戦で負けちまったからな。お帰りも早くなるってなもんよ」

「かかっ、負けたか。だったら俺たちの出番もあるってことだな」

「そういうこと――」

「おう！　負けてきたってのはどういうことだ！」

俺の言葉を遮るように、背後から大きな怒声が響いた。

振り返ったところにいたのは三十代後半、鬼みたいなヒゲを生やした背の高い男。まったく見覚えのない奴であるから、俺が不在の間に募集に応じてきた傭兵《ようへい》に違いない。

──よし、釣れた。

作戦司令官の一挙手一投足はいわば軍事機密で、バルキレオに語ったのは本来大っぴらにする必要のない情報だ。それをこの衆人環境で洩《も》らしたのはそれなりに企みあってのことだ。

内心しめしめと思いつつ、何気ない顔でそちらに応対する。

「なんだよ、いきなり大きな声出して。あんたは誰だい？」

「てめえがウィラード・シャマリだな。俺は牛首《うしくび》傭兵団団長、ジオルドだ」

牛首傭兵団。さっきソムデンのところで見た書類にその名前があったのを覚えている。たしか百人規模の団員を抱えている地元の中堅傭兵団だ。

「ご丁寧な挨拶《あいさつ》ありがとよ。んで、そのジオルドさんがなんか用か？」

「さっきてめえ、負けてきたとかなんとか言ってただろう。そりゃどういうことかって聞いてんだ」

「ん？　あんたに話さなきゃなんねえことか？」

「おうよ。てめえが大将だってんなら、俺たちにもちゃんと説明してもらわねえとな」

ずい、と腕まくりしながら凄《すご》んでくる態度はどう見ても説明を聞くような態度ではない。見ればジオルドの後ろには子分らしき連中が並んでいて、さらに三下でもなさそうな貫禄の傭兵も集まってきている。たぶんそいつらはジオルドと同格、それぞれに団を構える団長か、もしくは幹部級のやつらだ。

要するにこいつら全員、俺に喧嘩《けんか》を売りたがっていたのだ。

プリスペリア殿下のお墨付きをいただいているとはいえ、俺たちの正体が隣国の一傭兵団《ようへいだん》にすぎないことはおそらく知られている。べつだん隠そうとも思っていなかったが、たとえ隠そうとしたところでそんなものはどこかでバレてしまうものだ。

だからこの建物に足を踏み入れた時点から、自分はずっと注目されていた。

俺が果たしてどのような人物であるのか。

自分たちの上に据えて戦える器であるのか。

そんな値踏みするような視線が送られてきていたのだ。そしてそれらの多くはただの注目ではなく、敵視に近いものだった。

こいつらは一応味方で、これから共に戦う仲間だ。その仲間内でおかしなわだかまりを抱え込んでいられれば満足に戦うこともおぼつかない。

——こういうの、すっげえ覚えあんのな。

この既視感はあれだ。二年ほど前の風景、俺が新任の事務長として貝殻亭《かいがらてい》に初めて足を踏み入れたときと同じだ。であれば、対処の方法だってそう変わらない。さっさと上下関係をわからせること。今ならあの時よりもさらに上手くやれるはずだ。

だから俺はこいつらが喧嘩《けんか》を売ってきやすいよう、あえて食いつきがいのある餌を撒《ま》いてみせたのだ。

「負けてきたってのは、勝ってこなかったってことだが」

「ふざけてんのか」

「や、そうとしか言えねえんだがな」

「こっちはな、どこの馬の骨かわかんねえようなよそ者の若僧を頭に押し戴《いただ》いてやろうってんだ。それがそんな有様じゃあ戦えるわけねえだろうが」

俺は公《おおやけ》の場においてプリスペリア殿下から指揮権を与えられた。それについては実績でもって抜擢《ばってき》されたと信じているが、ディデューンから指摘されたように世間はそうとは思っていない。ならばこういう不満は間違いなく出る。それは最初からわかっていたことだ。

こいつらはできれば俺の立場を奪い取りたいだろうし、そこまででなくても自分たち自身は指揮から外れて自由にやらせろとでも思っているだろう。

むろん、そうはさせない。

「いや、我ながら大したもんだと思うが」

「どこがだ！」

「あんたらに謝んなくちゃいけねえことがあるとすればただ一点。抜け駆けで戦を終わらせようとしたことだけだ。つってもそれは依頼主様たっての願いで、この王都はなるべく戦場にしたくねえって思《おぼ》し召《め》しのゆえなんでな。ま、そいつは勘弁してくれ」

ここで一呼吸を区切る。そして何でもないことのようにつけ加えた。

「そんで負けたのは相手が強かったからだ」

「んなもん、てめえが弱かっただけだろうが！」

「強い弱いの問題じゃねえよ。こっちはたった五〇人。相手は五〇〇〇の大軍勢だ。んなもん、俺たちがどんだけ強くても端《はな》っから勝負になんねえっての」

「…………ッ」

この男、勝ち負けの話に単純に噛《か》みついてはきたものの、まさかそんな無謀な戦力差をどうにかしようとしていたとは思ってもみなかっただろう。それでわずかに鼻白みはしたものの、それではまだ引き下がらない。すぐに反発してきた。

「……五〇〇〇は嘘《フカシ》じゃねえのか」

「かもな。んなもんいちいち勘定《かんじょう》する暇なんかなかったからな。とにかく相手はメンシアードの正規兵のほとんど全部だ。そいつらじきに王都《ここ》に来るからよ、そしたらてめえで数えてみりゃいいじゃねえか」

「だったら！　勝てねえとわかっててなんでやるんだよ」

「そりゃこのウィラード・シャマリ様が漢《おとこ》だからよ」

花も嵐も踏み越えて、男一匹ここに見参。親指で自らを差しつつ傲然《ごうぜん》と胸を反らせてみせる。できればここでバババンと一発、景気のいい太鼓でも鳴らしてほしいくらいだ。

「漢、だと」

「おうよ。可憐《かれん》なお姫様のお涙頂戴《ちょうだい》だ。これに絆《ほだ》されなきゃ漢じゃねえだろ。挙句に自分たちの百倍も強え相手にむかっていったんだ。んなもん、男の中の男に決まってらあな。大事なのはやるかやらねえかで、勝った負けたなんざその後のことだろうが」

ここは傭兵《ようへい》の価値観でもって一点突破。それで難癖を突っぱねる。

「てめえらに俺と同じことができたか」

その台詞《せりふ》は口に出すべきではないだろう。言えば売り言葉に買い言葉。相手の誇りをむやみに傷つけるだけだ。俺がしたいのはそんなことではない。むしろこいつら自身の心の中に、デンとした誇りの旗をおっ立ててもらいたいのだ。

そのためにこそ目で問いかける。俺と同じことができたのか、と。ただまっすぐに、ジオルドの目を睨《にら》みつけた。

「…………」

反論は返ってこない。

頭の中では言い返すべき文句を考えているのだろうが、こいつが自分自身に嘘《うそ》をつく気にならない限り結論はわかりきっている。そんな自殺にも等しい無謀がこいつらにできるはずがないのだ。

もちろん俺にだってほんとうはできない。

それに挑めたのは俺たちなりに勝算あってのことだ。しかしながら、そんなあっけなく破れた皮算用のことまでこいつらに教えてやる必要はない。ここは事実だけを提示し、舞台裏は想像にお任せする。そうしてせいぜい俺たちの底知れなさを感じてもらうまでだ。

黙ったままのジオルドからここで視線を外す。ほんとうに説《と》き伏せるべきはこの男ではなかった。

「……依頼主様のわがままを一度は聞いた。んなもんは余興だが、一応の義理は果たしたってことだ。で、こっからが本番だ」

身内を除いて、この場にいる全員が俺の相手だ。さらには、募集に応じてきた今ここにはいない傭兵《ようへい》たちまでもがそうだった。

俺は将としてそいつらすべてを掌握し、統率しなければならないのだ。

「これから俺たちは、俺たちだけでこの国の正規軍と戦《や》る」

彼方《かなた》を指さすようにして聴衆に語りかける。これもまた、本来は秘匿《ひとく》すべき機密のひとつには違いなかった。

とはいえ、これについてはこいつらもなんとなくは察してはいただろう。通常の戦であれば準備の段階から傭兵に指示を出す立場の正規兵たちがいる。それが今回に限ってその姿がどこにもないのだから。

しかし、そんな事態がほんとうに起こりえるのかどうか、半信半疑でもあったに違いない。

そこをあえて明言した。

酒場などでたまにある小競《こぜ》り合いの喧嘩《けんか》ならまだしも、傭兵が正規軍と戦場で向かい合って勝てるはずがない。それはここにいる馬鹿面《ばかづら》どもだって当然に持っている常識だ。そんな無謀をやると知ったからには、怖気《おじけ》づいて退散する奴が続出するかもしれない。

しかし、どうせいつかは知ること。ならば、その機会は今だった。

戦の直前になってバックレられるよりはよほどいい。

「次は勝つぞ。なんたって今度はあんたらが一緒に戦ってくれんだからよ」

やれるのか、おい。

俺みたいな若僧相手なら怖くねえが、正規軍相手には怖くて喧嘩なんかとても売れねえ。まさかそんなヘタレたことは言わねえよな。

そんなふうに、一人一人に目線を合わせていく。

しん、とわずかな沈黙。やがて——。

「……やってやろうじゃねえか」

誰かぼそりと、そんなふうに呟《つぶや》いた。

それが小さな火種となり、くすぶるようにざわざわと周辺に飛び火していく。

「くく、傭兵だけで正規軍の野郎どもとやるってのもおもしれえかもな」

——キた、か。

これは勝算というほどのこともなく、いわば願望に近かった。それでも、高い確率であるだろうと期待していたものでもあった。

そうなのだ。メンシアードの武官たちは現状の文官支配に不満を持っていたが、彼らは一方的に抑圧されるばかりの弱者ではなかった。動物の世界が食物連鎖で成り立っているように、他方では傭兵たちに対しての強者でもあったのだ。

「おう。俺たちゃ軍の連中には偉そうにされっぱなしだったからな。いっぺん一泡吹かせてやりてえと思ってたんだ」

俺たちがメンシアード軍と戦ってきたというその事実。それはこいつらが無謀だと知りつつも一度はやりたい、やってやりたいと心に思い描いていたことでもあったはずなのだ。

うだうだしてる間によそ者に先を越された。くらいは思ったかもしれない。

だが幸いにしてそいつらは一敗地に塗《まみ》れた。ならば今度は俺たちが、と。こちらを向いていた敵愾心《てきがいしん》の方角がなんとなく逸《そ》れていくのを感じた。

「だな。今までさんざ舐《な》めくさった半端者《はんぱもの》の底力ってのを見せてやろうかね」

一人が鬱屈《うっくつ》した思いを口に出せば、それは大小の差こそあれ誰もが感じていたことだ。仲間同士、酒席での愚痴にすぎなかったものが明確な戦意へと転じ、それが燎原《りょうげん》の火のごとくみるみる広がっていく。

「俺に命を預けろ。なんてこたあ言わねえ。てめえらがてめえらの男を見せてみろ」

高く手を挙げながら一番端にいる奴に近づいた。

そいつが釣られて手を挙げる。そこをぱあんと音が鳴るように叩《たた》いた。

あとは順番に、全員と手を打ち鳴らす。反対側の端まで終わったところで振り返った。

「今晩は俺の奢《おご》りだ。好きなだけ飲んで喰《く》え」

気分が高揚したときには肉と酒だ。女はだめだ。高揚しすぎる。

ともあれ、これで大歓声が起こらないはずがないのだった。

ここはどう考えてもこれにて一件落着という場面だろう。

「おお、ウィラード。なんでここにいるのかわからんがちょうどいいとこに」

食堂の入り口からぬっと入って来たのは大きな人影、ティラガ。

騒がしいのに引き寄せられたのかどうかは知らないが、今はせっかくいい感じに場が盛り上がっているところだ。この馬鹿にこんな軽い登場をされてしまえばせっかく築いた俺の威厳も台無しになるというものだ。

「……なんだよ？　何かあったかよ？」

ちったあ空気を読みやがれとどやしつけるのはこの衆人環境でできるはずもなく、こうして出てきてしまったからには相手してやらないと仕方がない。

「いや、まだ何かが起きたわけでもないんだが、なんかすげえ奴が来てるんだ。あんなのどう扱っていいのか俺にはわからん。だから誰か頼りになる奴がいないか探してたんだが、あんたがいて助かった。ちょっと来てくれ」

「……なんかすげえってのは何だよ」

「なんかこう、見るからにすげえんだ」

こいつの説明がうまいと思ったことはないが、今回もやはり要領を得ない。

それに、すごいといえばティラガほどすごい傭兵《ようへい》というのはそういるはずがないのだ。少なくとも自分が傭兵をやっていたこの数年間で出会った記憶がない。

そもそも傭兵なんかやっている連中はすべてがろくでなしだ。能力のある奴、目端の利く奴はどこか気の利いたところに召し抱えられるか、別の仕事に鞍替《くらが》えするなどしていつまでも傭兵なんかしていない。

ティラガだっていつまでも傭兵《ようへい》の身分に収まっていていい器ではないだろう。これまでにもそんな話は何度もしてきている。

幸いにして今回、こいつは俺たちとともに将軍位を頂戴《ちょうだい》した。

お姫様のお戯《たわむ》れといってしまえばそれまでだが、単なる傭兵の枠組みから外れるための第一歩だともいえる。

朱雀《カルガージャ》将軍ティラガ・マグス。

この堂々の名乗りをもってすれば数百人を抱える傭兵団長だろうが、貫禄十分の大親分だろうが格下も格下。ものの数には入らない。そいつら相手にあえて威張り倒さなくてもいいだろうが、へりくだってやる必要はもっとない。

「ったく、どんな奴が来たのかは知んねえが、あんまあたふたすんなっての」

「べつにあたふたなんかしてねえだろうが。客観的にすごいと思ったからこそ、すごいと言ったまでだ」

「………む」

客観的、などというこいつにしては珍しい語彙《ごい》が出てくるからには、確かに冷静ではあるのかもしれない。ただ説明がド下手なのは相変わらずで、今になっても『すごい』以外の情報がひとつも出てこない。

「とにかく来てくれ。見ればわかる」

そういわれると是非もない。こいつから何か重要な情報を引き出そうとするよりも、実際に現物を見たほうが早いに決まっていた。

ティラガに案内されたのは同じ敷地内、少し離れたところにある別の大部屋だった。もとは士官用の休憩所になっていた場所だが、ここも先ほどまでの大食堂と区別せず雇い入れた連中が自由に使えるように解放されている。

こそこそする必要などまったくないが、入り口から隠れてくだんの人物を覗《のぞ》き見た。

「……すげえな、ありゃ」

「だろうが」

この中も大勢の傭兵たちでひしめいている。それぞれ仲間内で飲んで喋《しゃべ》って、あるいは長椅子《ながいす》に横になったりして思い思いに過ごしている。だが、どれがお目当てのすごい奴なのかは教えてもらうまでもなかった。

見れば一目瞭然《いちもくりょうぜん》。二列になった長机が十ほど並んでその最奥。周囲ががやがやと騒がしい中でただ一人、われ関せずとばかり静かに座っているのがそれに違いなかった。

「名前とか訊《き》いてんのか？」

「いや、まだだ。気づいたら知らないうちにあそこにいたんだ。声をかけようかと思ったが、どんなふうにかけりゃいいのかわからんかった。でまあ、ソムデンさんにでも相談しようかと思って捜してたら、あんたを見つけた」

「なるほど………」

その人物が異彩を放っているのはまず一点。真黒な覆面で顔を隠していることだ。そこから得られる情報といえば、あれは特大の不審者か、もしくは馬鹿だということしかない。

さらには体がでかい。ティラガほどではないにせよ堂々たる巨躯《きょく》。腕は太く胸板は厚く、腹の肉がだぶついてもいない。まず弱いはずがないだろう。

加えて着ている服が上等だった。新品ではないが洗濯はされているし、もともとの仕立ても悪くなさそうだ。下層民たる傭兵《ようへい》どもの服とは明らかに一線を画している。

傍《かたわ》らに置かれているのは持ってきた鎧櫃《よろいびつ》だろうが、これも箱からして立派だ。入っているのもさぞかしご大層なものに違いない。これで中身が紙みたいなペラッペラの鎧や鍋みたいな兜《かぶと》だとしたらとんだお笑い草だ。

……しっかし、ありゃ一体どこの将軍様だよ。

いやまあ、冷静に考えればどこの将軍様でもあるわけがない。

それでも、そこにある威厳とか威風みたいなものはどうしても感じてしまう。どことなく畏《おそ》れ多いところすらある。これに話しかけるのにはそれなりの礼儀が必要だと判断したのであれば、ティラガがへんな尻込みをしたのもわからなくもない。

とはいえ情報量が少なすぎる。人相どころか、年恰好《としかっこう》すらわからない。

——いやもう勘弁してくれ。

「そこいらのおっさんがイキってるだけじゃねえの？」

名前を売りたい目立ちたがり。その線もないとはいえない。

「いや、あれは本物だ」

「…………」

その指摘には無言で返したが、そんなのは自分でもよくわかっていた。

そもそもそこいらのおっさんごときが将軍級の高級具足一式を揃《そろ》えるというのは、どう考えても至難の業に違いないのだ。

口ではなんやかんや言いつつも、俺はティラガの眼力を信頼している。こいつが最初に『すげえ奴』と言ってきたからには、なにか根本的な勘違いでもない限り、やはりすごい奴に決まっているのだ。

しかし、そうではないと信じたかった。この大変な時にさらなる厄介ごとなんか抱えたくない。あれはただの頓珍漢《とんちんかん》だと、そう思いたかったのだ。

しかし、いくら頭で思い込もうしても、部屋の奥から入り口まで漂ってくる重圧がそうさせてくれなかった。

馬子《まご》にも衣裳《いしょう》とはいうが、素人《しろうと》が一流の役者と同じ物を着たところで風格までは真似《まね》できない。いいとこ駆け出しのチンドン屋ができあがるだけだ。

あの男はそうではない。

特別になにかをしているわけでもない。ただそこに座っているだけだ。ひょっとしたら目を瞑《つむ》って居眠りでもしているのかもしれない。

それでも、その姿はその場所に馴染《なじ》んでいた。この建物内から正規兵がいなくなり、傭兵たちが我が物顔でのさばる今であっても、その人物がそこにいるのはあたかも当然のごとく、座る場所すら以前からの定位置であるかのようで――。

「……ちょっと自分の部屋に戻る」

「おい、逃げんのか」

「馬鹿、誰が逃げるか」

そうは言ったものの逃げ出したい、見なかったことにしたいという気持ちがないわけではない。あれは絶対に強烈な面倒事だ。とはいえ、そのままほったらかしにできないのもまた事実だった。

「十分だ。あと十分したらあのおっさんを俺の部屋まで呼び出してくれ」

「……わかった」

いまいち得心のいかない顔をするティラガだが、なんでこんなことになっているのかわからないのは俺も同じだ。

「……なるべく丁重にな」

「その丁重にってのがわからんから困ってたんだろうが！」

とにかく、あの黒覆面との話は人前でしてはいけない。

そんな確信に近い予感が、この時の自分にはあったのだ。

# 第七十八話　城門前の攻防

メンシアード王都の正門は固く閉ざされていた。

城壁の上には武装を固めた傭兵《ようへい》たちが多数。それぞれが緊張の面持ちで立ち並んでいる。

そこにむかって外側より、一人の男が吼《ほ》えた。

「開門！　開門！　城門を開け！」

これまでに二度、因縁《いんねん》めいた遭遇のあった相手だ。その人物が誰であるのか忘れるはずもない。

ヴェルギア・ジンブラスタ将軍。

将帥《しょうすい》としてはいまだ少壮の年齢だといっていいだろう。しかし、こうして改めて聴く声は衆を率いるに足る威圧に満ちている。あいつと一対一、目の前で怒鳴りつけられたらなんでもはいはいと言うことをきいてしまいそうだ。

——つってもな、簡単にここを通してやるわけにゃいかねえんだよ。

その傍《かたわ》らには数騎の供を従えた大将軍エルメライン閣下がいて、その眼《め》は馬上よりまっすぐにこちら側を見据えている。あるいは見つめているのは俺たちではなくはるかその先、メンシアードの王城か玉座であるのかもしれない。

「エルメライン殿下のご帰還である！　速やかにこの門を開くがいい！」

いくらかの距離を隔てた後方には配下の精兵たちがずらりと控えている。

彼らの思いは一つ。

自らの大将こそを次代のメンシアード国王とすること。

それこそが文官たちに冷飯喰《ひやめしぐ》いを余儀なくされてきた、積年の鬱憤《うっぷん》を晴らす手段だった。

王都を留守にすること数か月。

雌伏の時を経てついに機は熟したのか、それともこれは不本意な形であるのか。

メンシアード正規軍はついに野心を失うことなく、対決姿勢をあらわにしたまま王都の城壁にまで迫っていた。

——こいつはたまらん、な。

城壁の上から眺める景色はなかなかに壮観だ。

五〇〇〇という数字を舐《な》めていたつもりはないが、俯瞰《ふかん》で眺めればこれほどまでに大きかったのか。

これまでは地べたを這《は》いずり回っていただけに、その全貌は曖昧《あいまい》にしか掴《つか》めていなかった。見えていたものは巨獣の腕か足か、それとも腹か。とにかくほんの一部分でしかなかったということだ。

今度は一部ではなく、全体をいちどきに相手する。そう思えば心中寒くなるものがある。むろん、こちらの陣営にしても今回は五十などというちっぽけな数字ではないのだけれど。

「繰り返す！　城門を開けよ！」

何度目かの大声がこだまする中、城壁に続く階段の下で待つ人物に声をかけた。

「行けるか？」

「…………そちらへ参ります」

　プリスペリア殿下の小さな、それでいて決然とした答えが返ってくる。

一帯に充満するのは一触即発のひりつくような空気。命のやりとりが行われるまで、いつ破れてもおかしくはない薄皮一枚の距離。その中にあって、彼女は自分の役割を放棄することはしなかった。

　ロスター将軍が介添役として侍《はべ》り、ともに階段を登ってくる。そうして城壁のど真ん中、城門の真上にあたる位置から大軍勢と対峙《たいじ》した。

「プリス…………」

　エルメラインの顔にかすかに動揺の色が浮かんだのが、離れたところからも見てとれた。

　ここで使われたのが殿下の愛称であったことからもわかるとおり、これまで二人の仲はけして険悪ではなかったのだろう。

　プリスペリア殿下は国王代理の任にあったとはいえ、それほど注目される存在ではなかった。父王を補佐する職務には忠実であったものの、小さくて地味な外見と、それに似合った控えめな性格のゆえに玉座を望むそぶりも見せてこなかった。

　王位継承権第一位は格式だけであり、いまだしかと定まらぬ王太子の地位はいずれ弟君に譲られるのであろう、というのが衆目の一致するところだったのだ。

　それがエルメラインの予想を覆した。

彼女の中ではここで登場すべきは宰相《さいしょう》、あるいはそれに準ずる政府首脳の顔ぶれであったに違いない。

しかし、俺の美意識からすればきわめて不愉快なことに、それらの連中は早々に風見鶏《かざみどり》を決め込んだ。

それを知らない軍の連中は雁首揃《がんくびそろ》えて自分たちの敵が一体誰であるのかこの時までわかっていなかった、というのもなかなか滑稽《こっけい》な話だ。

むろん、殿下がここに立ったのは彼女個人の野心のためではありえない。

彼女の中で唯一控えめでない部分、その巨《おお》きな胸の裡《うち》には、国政に携わる者として誰よりも強い責任感が秘められていたのだ。

「このたびの従姉上様《あねうえさま》のお帰りを心より歓迎いたします。ですが、ご入城はお一人にて、他の皆様方はその場にていましばらくお控えいただけますよう」

「プリス！　なぜだ！」

「従姉上様が何をされるおつもりであるのか、ここでの詮索《せんさく》はいたしません。ただ、万が一武力を恃《たの》んでの政変をお望みでございましたら、国王陛下の名代《みょうだい》として看過するわけには参りません」

詮索しないもなにも、これから何が起こるのかは誰の目にも明白だ。むこうは完全に武装を整え、城壁をよじ登るための無数の梯子《はしご》、攻城兵器すら用意している。

しかし、プリスペリア殿下はその明言を避けた。彼女はこの期《ご》に及んでもまだ話し合いでの解

決を諦めてはいなかった。

エルメライン一人での入城。むこうがこれを飲んでくれれば何もなかったことにできる。軍幹部たちにお咎《とが》めなしとまではできないが、ほとぼりがさめるまで数名程度を拘束、あるいは謹慎でもさせる。それと引き換えに武官の待遇改善、権限の一部を移譲する。

……そんな妥協でも考えてるんだろうが。

それは淡い、淡すぎる期待であるだろう。

「重ねて、お願いいたします。ここはひとまず兵の方々を下がらせていただけますか」

懸命に言葉を紡ぐ殿下だが、聡《さと》い彼女のことだ、これが無駄な努力であることはわかっているはずだ。けれどわずかな望みを繋《つな》ぎ、本気で和睦を請願する。

単純な損得でいえばむこうだって戦をせず、一滴の血も流れることなく終わらせるに越したことはないはずだ。しかし——。

「………できぬ相談だ。まずは城門を開け。しかるのちに話をいたそう」

エルメラインから返ってきたのはやはり、きっぱりとした拒絶だった。

その前にあったわずかな沈黙は、殿下個人の至誠だけは偽りではないと伝わったからなのかもしれない。

それでも、むこうはこちらを信用するわけにはいかないのだ。

旗印である大将軍に不測の事態があれば一巻の終わり。俺たちとしても彼女が一人でのこのこやって来たところを縛り上げて牢《ろう》にでもぶち込めば一件落着。それが一番手っ取り早い解決方法だ。万が一死なれでもすれば暴動は避けられないが、身柄を押さえてしまえば軍はこちらの言いなりになるしかない。
「……できません」
「ならば問答は無用。ここは力ずくでも推し通る」
「では、私がそちらに参ります」
「それも無用だ」
新たな提案もたちどころに却下される。
……ま、仕方ねえか。
殿下が敵陣営まで赴くというのは、ロスター将軍などからすれば頼むからやめてくれといいた
くなるほどの譲歩、というかむしろ暴挙だ。
しかし、たとえそうであっても相手にはそのようには解釈してもらえない。
軍が敵視するのはあくまでも現在のメンシアード政権だ。プリスペリア殿下はその首魁《しゅかい》とはみ
なされてはおらず、おそらく他の首脳の傀儡《かいらい》程度にしか思われていない。であれば、二人の姫の
会談でなんらかの妥結がされたとしても、その履行がなされるとは信じられない。ならば話し合
いなどするまでもないと結論づけられるのもあたりまえだ。
実態はそうではない。なんというか、もっとおかしなことになっている。なってはいるのだが、
そういった本質的な誤解を解く手段は自分たちの手元にはなかった。
「閣下、お下がりください」

お姫様同士の話はどこまでいっても平行線と判断したか、あるいはエルメラインが情に流されるかもしれないと危惧《きぐ》したか。ここでジンブラスタ将軍が一歩を進み出た。

「おぬし、自分らが何をしでかそうとしているのかわかっておるのか」

それに声をかけたのはロスター将軍だ。ともに互いの主君を背に庇《かば》うように、ここからは子分同士の舌戦だ。

「お久しぶりです、ロスター将軍。これが武人の範を越えたふるまいであることは承知の上。ですがわれらも長い間辛抱し、考え抜いた末での行動。先達《せんだつ》の教えに反しましたこと、どうかお許しください」

「ふん、許さぬと言ってもここを通るつもりであろうが」

「むろん。お世話になった老将軍と干戈《かんか》を交えることは本意ではございませんが」

「老は余計だ。ならば今一度、おぬしが新兵であった頃のように武人のなんたるかを教えてくれよう」

「いえ、ここはあえて年寄りの冷や水だと申し上げさせていただきます。ここでの抵抗は無意味。どうか速やかに開城をお命じくださいますよう」

「悪いが、年寄りじゃねえのもいるんだよ」

唐突に俺が割り込んでやったところ、ジンブラスタ将軍はそれほど意外そうな顔をしなかった。

「ほう、ウィラードじゃないか。王都に我々の行動を阻《はば》む者がいるのならロスター殿くらいかと思っていたが、まさがこんなところで君が出てくるとはな」

「それにしちゃあ、あんま驚いてもないようだが」

「ふむ。言われてみればそうかもしれんな。予想もしていなかった再会だが、こうして敵味方になってみればあまり不思議だと思っていない自分がいるようだ。なんとなくだが、君は只者《ただもの》でないような気がしていた」

「お褒めにあずかり光栄の至り、とでも言っとこうか。前に会ったときはあんたを斬り損ねたが、今度はそうはいかねえぜ」

「してみると、数日前に現れた賊は君たちだったということか」

「さあ、そいつは知らねえな」

もはや正体を偽る意味などなくなっている。しかし、すでに一度は勝った相手。もはや恐るるに足らず。などと思われるのも癪《しゃく》に障《さわ》る。たぶんバレバレではあるのだろうが、それでもとぼけておくのが吉だ。

「君はいずれ大きく成長する若者だとみている。他国の争いに首を突っ込み、無為に命を落とすことになってもつまらんぞ」

「は。心配してくれんのはありがてえが、もしかしたらとっくに成長しちまった後かもしらねえぜ。だったら命を落とすのはあんたのほうだ」

「かもしれんな。だが、我らの正義は我ら自身を止められぬ」

……いや、てめえらには正義はねえんだがな。

武人たちの積年の恨み。已《や》むに已まれぬ思い。そういったものがあるのは知っている。しかしこの時点において、彼らの信じる正義が砂上に築かれた楼閣であること、エルメラインの持つ正統性《レジティマシー》が虚構にすぎないことを俺は知っていた。

そして、その証明となるものはすでに自分の掌中に握られてもいる。

であれば、俺がこの場で自らの拳を開いてみせさえすれば話は解決。戦いは未然に収束してしまってもよさそうなものだ。

しかし、それはできない事情がある。

この時、俺は俺以外の誰も知らないところで実にばかばかしい状況に置かれていたのだ。

「ま、お喋《しゃべ》りはこんなところかの」

「………だな」

俺の抱えた事情を知らない爺《じい》さんはこのへんが潮時だと判断した。

そのことに異存はなかった。これだけの舞台が整っている。もとより口喧嘩《くちげんか》で収まるはずもないのだ。

これまでのはいわば儀礼。次に対面するときはどちらかが死体であるかもしれない。そういう顔見知り同士の別れの挨拶《あいさつ》のようなものだった。

「こっちへ来い」

「わかってるっての」

自分たちの正義を示す。そう宣言したエルメライン、ジンブラスタは部隊の指揮を執るために自らの陣に戻っていく。

その間に俺たちが移動した場所は城壁を見下ろす尖塔《せんとう》の上だった。

——ひとまずは戦況を見守るだけ、か。

ここでなら敵味方のすべてが一望できた。俺たちは自ら斬り結ぶことはせず、判断のみを行う。自分たちだけ安全なところでというのも心苦しいが、これは当初の打ち合わせ通り。けして臆病のゆえではない。

これこそが総大将の務めだった。

ティラガやヒルシャーンほどの武勇があれば最前線で剣を振るい、兵たちを鼓舞しながら全体の指揮をするのもいいだろう。だが悲しいかな、俺が城壁の攻防に加わっても一兵卒か、それよりちょっとましな程度の働きしかできないのだ。それでうかつに負傷したり、あっさり討ち死にでもしようものなら命令系統を無用に混乱させるだけだ。

「城門が破られたり、城壁からの侵入を許すようであれば、儂《わし》はそこの姫君を連れて脱出する。あとのことは任せるぞ」

「はいよ。煮るなり焼くなりお好きにどうぞ」

「…………」

ロスター将軍にそこの姫君と指名された人物は、恥ずかしそうに俯《うつむ》くだけだった。

「ものは相談なんじゃが」

これを爺さんに切り出されたのは昨日のことだ。

「貴様が不在の間、姫様につけた娘がおるじゃろう。そうそうイルミナちゃんじゃ。あの子を儂《わし》に貸してくれんか」

「断る」

「……同じ断るにしても、理由くらい聞いてからにしてもよかろう」

「聞かなくてもわかるから断ったんだよ。開戦前のこの時期だ、どうせあいつを殿下の影武者にでもしたいってんだろ」

「……その通りだ。よくわかっておるではないか」

「わからいでか」

拒否はしたものの、このご指名は至極妥当な発想だった。

イルミナならプリスペリア殿下と背格好は近いし、地味くさい雰囲気も似たものがある。変装させれば囮《おとり》には十分だ。大きな差異があるとすれば胸くらい。これは立場が逆でなくてよかったとでもいうべきか。ないならないで詰め物でも入れておけばいい。大きなほうをちぎって小さくするわけにはいかないのだから。

「だったら頼む。身内を危険な目に遭わせたくないという気持ちはわかるが、あの子のことは儂が命を懸けてお守りするし、万が一守りおおせなかったとしてもエルメライン殿下のこと、別人とわかれば命まで奪おうとはせんはずじゃ」

「気持ちはありがてえってことにしとくけど、駄目な理由はちゃんと他にあんだよ」

イルミナはあいかわらず大人の男性とは話すことができない。俺と完全に離れ、爺《じい》さんほか数名の護衛たちとだけで行動させるのは不安が大きい。

あとはきわめて個人的な気持ちにすぎないが、爺さんが言ったとおり、あいつにはあまり危険なことをさせたくない。

爺さんが命を懸けると言ったことは疑わない。

城門が破られれば自らの命ももはやこれまで。そういうつもりで行動するのだろう。

しかし、どんなに必死になったところで囮というのは見つかるのが仕事だ。大勢の追っ手に囲まれればこんな老いぼれはいつまでも生きてはいられない。イルミナが捕縛されるのはほぼ確定事項みたいなものだ。

エルメライン殿下が影武者の命など欲しないという読みはある程度頷《うなず》ける。

とはいえ、その身柄が殿下の前に引きずり出されるまでが安心できない。戦時であるから兵士たちも殺気立っている。命や貞操が紙屑《かみくず》のように散らされる可能性だってけっして小さくないのだ。

「だがまあ、影武者を用意しとくってのは賛成だ。イルミナほどじゃねえが、殿下の身代わりが務まりそうなのを見繕っといてやるよ」

「他に適任がおるのか」

「ま、期待しといてくれ」

今まさに戦端が開かれようとしているのに、俺と爺さんはこみあげる笑いを抑えられずにいた。

将軍が半笑いで指さしたのは当然、イルミナでもプリスペリア殿下でもない。

「……なんで俺が」

姫君呼ばわりされたことが心底不本意だったのか、借りてきた殿下の衣装を身に着けたジュラスがぼそりと呟《つぶや》いた。

「囮《おとり》だって大事な仕事だ。それに『お前にしかできねえ仕事をやる』ったら喜んでたじゃねえか」

「でも兄貴、こんなのはねえだろ」

次善の人選として、俺が直々に白羽の矢をブッ刺してやったのだ。

こいつも出会った頃より背は伸びたが、まだまだチビの部類。女物の服さえ着せてしまえば囮の役には立つだろう。そう思ってのことだったが――。

「しっかしお前、その恰好《かっこう》なかなか似合ってんな」

男女の体格差があるので少々窮屈そうなのは否めない。それを割引してもなかなかどうして、思った以上にさまになっている。

「どれ」

試しにドレスの裾を捲《まく》りあげてみる。

「何すんだよ！」

「………下着も女物か。気合入ってんな」

「入れてねえよ！　初めから用意されてたんだよ！」

「用意されてても穿《は》かなきゃいいだけだろうが。どうせパンツなんか見えねえんだしよ」

「～～～～～～～～ッ」

本気で恥ずかしがるジュラス。

パンツまでは穿く必要がない。そんなことくらいは自分でもわかっていたようだ。それでいて、ちょっと穿いてみようかな、という興味には抗《あらが》えなかった。どうも俺は突っ込まなくてもいい部分を指摘してしまったらしい。

しかし、真っ赤になって俯《うつむ》く姿は本物《マジモン》の女の子さながらだ。これならしばらくどころか、完全に捕獲されてしまうまで、もしかすると裸に剥《む》かれるまで女で通せる。相手によっては裸に剥かれた後も通ってしまうかもしれない。

「…………うれしくねえよ」

「ま、そうイヤがるな。ここで俺たちが負けて団が解散することになっても、お前ならそっちの世界で食っていけるぞ」

「だからうれしくねえって言ってんだろ！」

いや、一部の好事家《こうずか》たちの間では女の子っぽい少年は本物の女の子以上の高値で取引されていると聞く。自らの市場価値を知ればこいつだって喜んでいいはずだ。

刹那《せつな》の馬鹿話に興じていられたのはそこまでだった。

「「オオオーーーッツ！」」

窓の外から大きな喚声があがった。

ついにエルメライン軍の攻勢が始まったのだ。

迫ってくるのは五〇〇〇の軍勢と移動式の組み立て櫓《やぐら》が三つ。上にはそれぞれ十名ほどの弓兵が乗っていて、射撃で歩兵を援護する。さらに後方には二台の巨大な投石器が控えていた。

「出し惜しみはしてこねえな」

「思うたとおり。この一撃で勝負を決めるつもりじゃな」

むこうにすれば様子見などする価値がない。持てるすべての力をぶつけて鎧袖一触《がいしゅういっしょく》。それで終わる戦いだと思っていて当然だ。

同時に我こそが新たなるメンシアードの王者だ、との威信を示す狙いもあるだろう。ならば苦戦する姿など見せられない。

「だがよ、よせ集めの傭兵《ようへい》どもと舐《な》め腐れば、大火傷《おおやけど》になるのはそっちのほうだ」

策は万全。そのためにこそ準備してきた。

とはいえ蓋を開ければどうなるか、確証などどこにもない。

あと数時間もすれば、あるいはわずか数分後には片がついてしまうかもしれない、という不安は自分にもロスター将軍にもある。

「そうなった時は俺が殿下を国外に逃がす。それでいいんだな」

「頼むぞ。姫は渋っておられるが、貴様が逃げるついでだ。無理やりにでもそうせよ」

「はいよ」

俺たちが敗北したとき、プリスペリア殿下は自らの身柄をエルメライン陣営に差し出し、それで事態の収拾を図ろうとしている。そのことは側近たちには予想がついていた。

そうなれば彼女の命はこの世のものではなくなるだろう。たとえエルメライン殿下自身と、周りの者たちまでもが内心で助命を望んだとしても、反逆者の処刑は絶対に実行されなければならない。そうでないと新たなる王朝の正統性が毀損《きそん》されることになる。

「ま、そうならねえように味方ががんばってくれんのを期待しようじゃねえか」

この一撃目こそが最大の難関だった。

ここを耐え忍ぶことができれば、俺たちには二回目も三回目も耐える力があるということだ。できなければ、これは最初から無謀な挑戦だったということでもある。


エルメラインの軍勢は隊列を揃《そろ》えたまま行進してくる。

遠くからの号令がかすかに耳に届くと、それらはきれいに十ほどの部隊に分かれ、それぞれが攻略すべき地点を目指した。

——兵法《ひょうほう》の教科書通りの攻城戦か。

べつに俺も本物の攻城戦を見たことがあるわけではない。ここの軍の詰所にあった兵法書にひととおり目を通しただけだ。ただ、それを読んで頭に思い描いた様子が、まさに眼前で繰り広げられていた。

本番とはそうそう練習通りにいくものでないとすれば、あるいはむこうもこれは実戦ではなく、演習くらいのつもりでいるのかもしれない。

「こっちに弓が足りてねえのが歯がゆいな」

本来ならここで弓矢の雨あられを浴びせかけるところなのだ。それで敵の数を減らすことができる。

しかし残念なことに、こちらの主力である傭兵《ようへい》たちに弓射の技術を持つ者は少ない。ロスター将軍配下の兵たちはもちろん扱える。しかし彼らには士官の役割を果たしてもらわなければならず、多くは小部隊の指揮や重要な箇所の伝令役に回っている。ウルズバールの連中もいまだ負傷者が多く、動ける者はいざという時のための騎兵として待機中だ。

結局、応募してきた傭兵の中から心得のある連中をまとめて弓隊を編成しているが、その数は百に満たない。

むろん、現在その部隊もじっとしているわけではない。あらん限りの力で絶賛連射祭りの真っ最中だ。とはいえ数も少なければ精度もまちまち、本職でない連中がどれほど必死こいたところで五千の軍勢の出足は微塵《みじん》も鈍らない。

むこうも城壁の様子からこっちを見切っているのだ。

最初は大人数の弓隊を伏せているかもしれない、との警戒はしていたようだが、一定のところを越えてからその懸念は完全に頭から外したようだ。事実、こちらにはそれを隠しておく理由などない。

ほどなくして敵軍は城壁にまで到達した。

それぞれの部隊はいくつかの長大な梯子《はしご》を抱えてきている。それらが城壁に架け渡されると、兵たちが次々と登って頂上を目指す。

「よし！　落とせ！」

城壁の上から味方の号令がかかる。こちらの反撃はようやくここからだ。

「……うへえ」

まるで他人事《ひとごと》のようだが、城壁で行われている光景を見てそんな言葉が漏れてしまう。

それが戦士の仕事とはいえ、敵さんもよくやるとしか言いようがない。自分に置き換えてみればあんなのは絶対にやりたくない。

片手に盾を握り、満足に身動きのできない足場を登りながら、上からばかでかい石やら熱湯やら煮えたぎった油が降ってくるのだ。たまに味方までもが落ちてくる。どれかがまともに当たれば大惨事《だいさんじ》。梯子から手を離せば地上まで真っ逆さまだ。

そして現実にそうなってしまった被害者がそこかしこで続出している。

胸の裡《うち》にはざまあみやがれという気分と、あれまあ気の毒にという気分が同居する。しかしながら、こちらとしては全員をそうしてやるか、もうやりたくない、あんな目には遭いたくないと思わせないことには負けてしまうのだ。

「爺《じい》さん、あれやったことあんのか？」

「あのような馬鹿げた真似《まね》、誰がするものか」

「馬鹿げた、って。あんたほどの軍歴があってもしたことねえのかよ」

「このような力攻め、訓練はしても実行に移すことなどまずないものじゃ」

「……かもな」

常道の兵法《ひょうほう》であればこんなのは下策に違いない。勝っても負けても味方の被害が大きすぎる。普通こうはならないよう兵糧攻《ひょうろうぜ》めをしたり内通者を作ったり、なんらかの策を講じるところだ。

「……しかしまあ馬鹿げているからといって、馬鹿だと断ずることもできんがな」

「ま、そうだな」

エルメライン殿下もジンブラスタ将軍も、おつむが少々足りないがゆえに真正面からの城攻めを選択したわけではない。自分たちの戦力、懐事情、政治的なかけひきを総合的に判断し、急戦で早々に決着をつけることが最上だと考えたのだ。

「ち、あれも来やがったか」

ゆっくりと進んできていた攻城櫓《こうじょうやぐら》が城壁のすぐ近くまで到達し、歩兵たちの登攀《とうはん》を援護するように矢を放ち始めた。

これまで見下ろすだけだった城側が見下ろされる立場にもなる。とはいえ乗っている弓兵の人数はそれほど多くないし、盾も用意してある。これ単体であればそれほどの脅威ではないはずだ。

ただ、これに加えて地上から射線の異なる矢が飛んできていた。その正体が何であるかいまさら問うまでもない。前に俺たちが辛酸を舐《な》めさせられた弩《いしゆみ》による長距離射撃だ。

上下二方向からの射撃。この心理的な圧迫感は大きい。

狙い撃ちされるのを気にしてか、味方の動きがいくらか鈍る。逆に好機を得たと見たか、敵の動きが勢いを増した。

一人、地上にむかって石をぶつけていた傭兵《ようへい》が突き上げられるようにして倒れた。そこから現れたのは——。

「城壁一番乗り！　ローパーン・イルバチルデ！　ここに見参！」

敵味方双方に自らの功名を知らしめんとする高らかな名乗り。

こちら側にそれをおとなしく聞いていてやるいわれはない。口上の終わりのほうに重なるように、すかさず数名が斬りかかる。

しかしローパーンとやらは素早く剣を翻し、それらをまたたく間に返り討ちにした。

「甘いわ！　雑魚《ざこ》どもが！」

倒した相手をザコ呼ばわりするところからそこはかとない小物臭さが感じられるものの、威張りたくなる気持ちはわからなくもない。その程度には堂々たる技量。あれは間違いなく一個の勇者といっていいだろう。

そして、同僚たちが次々と脱落していく中にあって、こうして真っ先にてっぺんまで駆け登ってこられた理由はそれだけではない。こんなふうな見せ場が廻《まわ》ってきたこと自体がなによりの証《しょう》拠《こ》。あいつは天祐《てんゆう》を味方につけている。

それは『華』と言い換えてもいい。そんな華のある奴の活躍を許せば、戦場の勢いをそのまま持っていかれてしまう。あの場に後続がなだれ込んでくれば堤が崩れるようにすべての防御が崩壊するだろう。

——まずい！

だが、その焦りはわずかな瞬間のもので、結果的には取り越し苦労となった。

「ご苦労さん」

『華』は敵の庭にだけ咲いているのではない。華は華でも
いや、むこうが少々の大輪を誇ったところでこの男には敵《かな》わないのかもしれない。

満開の桜吹雪、紅《くれない》の巨人がそのすぐ近くに立っていた。

この男は味方をなで斬りにした実力者のすぐ近くにまで肉薄しておきながら、お得意の大剣は背中に背負ったまま、いまだ抜き放ってすらいなかった。

「貴様っ！」

ローパーンも今更のようにその存在に気づいた。

これほどまでに易々《やすやす》と接近を許したのは、そのあまりに余裕綽々《しゃくしゃく》な態度が戦意を感じさせなかったからに違いない。

大きく跳ねて距離をとろうとしたが、その反応はあまりにも遅すぎた。

ティラガがそれを見逃すはずもない。素早く伸ばされた腕は相手の鎧《よろい》の後ろ襟あたりを掴《つか》んでいた。

「お前ら、どいておけ」

周囲に注意を促しながらそのまま力任せに振り回す。決して小さくはない勇者の体が宙に浮いて一回転、二回転。それから『ふん』という小さな気合とともに放り投げられる。

飛んだ先は城壁の外側、すなわち虚空《こくう》。

『どわっ』という叫びと『だわわっ』という慄《おのの》きが交錯し、続いて上がってこようとした敵の二、

三人が巻き込まれて同時に転落した。

「ふん。ここから落ちたくらいでは案外死なんもんだな」

下を覗《のぞ》き込んだティラガが変な感心をする。

敵兵たちもあんな高いところから落ちたくはないだろうが、最初から落ちるのは前提で登ってきていた。下には落下の衝撃を少しでもやわらげるため毛布だの藁束《わらたば》などが敷かれていて、怪我《けが》人《にん》を救助する部隊もいるようだ。気合の入った奴は一度の失敗くらいで諦めることなく、果敢に立ち上がって再度、再々度の挑戦を試みようとしていた。


詰所においてその会議が行われたのは数日前のことだ。

「さて、守りの布陣を決めねばならんの」

メンシアード王都は東西南北に四つの大門がある。都の正面玄関となるのが南門で、ここが一番大きい。あとの三つはどれも大差ない。

相手はどこに戦力を集中させるか自分たちが選択できる。西と見せかけて東。そんな戦法もアリだ。こちらはそれに逐一対応していくしかない。

「あたりまえに考えればひとまず北に兵を置いとくべきなんだが――」

軍は北方から迫ってきている。であれば、一番近い門から攻略するのが手っ取り早いには違いない。しかし、その考えは自ら打ち消した。

「だがよ、『王の帰還』。あちらさんはどうせそんなふうにでも思ってんだろ。だったら堂々と正門を推し通る、そんなつもりでいるんじゃねえの？」

「断言はできぬが、それはわしも同感じゃ」

「んじゃ南の指揮官に一等優秀なのを置いといたほうがいいな」

「うむ。そうすべきじゃろう」

ここで『だったら俺がやる』と言えないのが辛いところだ。

もっとも危険なところは俺自身が命を張らねばならない。ほんとうに命までくれてやるつもりはなくても、危険を顧みない態度は示さなければならない。そのことはわかっているのだが、それと自らが適任であるかはまた別の問題だ。俺が一番優秀な指揮官であるとの評価は誰からももらっていないし、自分でもそんなふうには思い上がれない。

では誰が、となると安定して信頼がおけるのはディデューンだろう。しかしあいつは仲間ではあっても客分にすぎない。長らくつるんでいるうちに忘れそうになるが、そこは誤ってはいけない部分だ。それにメンシアードとは反目する隣国アーマの人間でもあるから、変に目立つ看板は背負わせられない。

軍勢を率いた経験というならばヒルシャーンに一日の長が生まれる。元はといえばウルズバール一族の大将軍格だ。

とはいえこちらの本領は馬上にこそある。今回のような防衛戦でも並以上の働きくらいできるだろうが、性格的には攻撃、攻撃、さらに突撃の男。変に不向きなことをさせるよりは、ここぞという時まで温存しておいたほうがいいだろう。

ならば全局面において頼れる男、ティラガ・マグス。それで何も問題ないように思える。俺たちが留守の間にロスター将軍から何らかの薫陶を得たか、ここにきてさらに頼れる風格さえ出てきているようにも思える。

あるいは、この戦いがメンシアードの正義を懸けた戦いであるという筋論に基づけば、どこまでも部外者にすぎない俺たちよりもロスター将軍その人こそが矢面に立つべきである。というのもあながち誤りとはいえない——。

……いやいや、そりゃ誤りだろ。

年寄りの冷や水。しかも思いっきり冷たいやつだ。絶対に途中でぶっ倒れるし、そうなれば俺たちも共倒れ。そんな命懸けの忖度《そんたく》までしてやる必要はない。

ただこの時、自分にはそれらの人選を差し置いて、さらなる適格者の腹案があった。

ついさっき、前に出しておいた使いが戻ってきたとの報告も受けている。

部屋の外から誰かが近づいてくる気配がした。それはすぐ近くで止まり、扉が叩《たた》かれた。

「失礼する」

ここで姿を現したのはしばらく見ることのなかった銀髪のポニーテール。ミュアキスだ。お待ちかねのご帰還だが、この女に重要局面を任せようというわけではない。

仲間内では実力者であることに間違いはなく、指揮官候補のひとりではあるだろうが、今のところは候補どまり。ティラガやディデューン以上の将器でもないだろう。

「ご苦労さんだったな」

「……まったくだ」

「ま、無事に帰ってきてくれて嬉《うれ》しいよ」

これはまったく正直な気持ちだ。

用事を頼んだのは自分自身だったとはいえ、その間姿が見えなかったのは寂しい。彼女の存在は自分にとってまああの潤いになっていたことに気づかされてもいた。

なぜなら、こいつがいないと周囲が思いっきり男臭くなるのだ。

イルミナは体のどこを探してもおっぱいなんか見つからないわけで、女の勘定《かんじょう》に入れていいものかどうかは常に悩むところだ。最近知り合ったプリスペリアさんという人はそれはそれはご立派なお乳を持っていらっしゃるのだが、これは徳が高すぎてうかつに触ろうものならどんな天罰が下るか想像もつかない。

そんな極端な例に比べれば、ちょうどいい大きさの肉が近くにあって、いい感じで雰囲気を盛り上げれば機嫌よく触らせてもらえる、というのは自分の精神衛生にとってすこぶるよろしいようだ。

「誰がちょうどいい大きさの肉だ！　機嫌よく触らせるわけがないだろう！」

どうもかるく本音が漏れてしまっていたようだが、こんなふうに怒られたりするのも男女間の綾《あや》だと思えばそう悪い気分ではない。

「まったく。愚廉恥《ぐれんち》もいいかげんにしろ」

「グレンチて」

前にユリエルダの言語感覚についてどうかしているとの感想を持ったが、もっとどうかしているのがここにいた。ハレンチが少々古臭い言い回しなのはわかるが、だからといってわざわざ新しい言葉を編み出してまで俺を非難せずともいいだろう。

ともあれ、些細《ささい》ないちゃいちゃはこれまでだ。

「んで、首尾はどうだったんだ?」

俺の本命はこいつの手綱《たづな》を握る人物だった。

「……大乗り気だった。残念ながらな」

「それはありがたい」

その言葉を証明するように、さらに数名の足音が聞こえた。

扉から入ってきたのは火神傭兵団《ようへいだん》団長、リガ・アラジ。さらに副長のギリスティス。ほか数名の幹部と思《おぼ》しき連中だ。

「ふふ。まさか君のほうからお呼びがかかるとはな」

「迷惑だったかい」

「いやいや、光栄なことだよ」

以前からこの人物が俺たちと共闘したい、してみたいと考えていることはわかっていた。それがどういう思惑によるものかは定かではないが、この状況、頼りになる戦力は多いほうがいいに決まっている。

火神傭兵団はその団長からして長い軍歴を持っていることに疑いはない。配下にも軍人くずれを多く抱えている。であれば個人の武勇はもちろんのこと、他の素人《しろうと》の傭兵どもを束ねて指揮することも期待できる。

だからミュアキスを一旦古巣に戻し、助力を取り付けたのだ。彼らが到着する前にすべてが片付いている可能性もあったが、それは金銭で解決できると踏んでいた。残念ながらそうはならなかったわけだが。

懸念したのはただ一点。

この歴戦の兵《つわもの》どもが俺の下知に従うをよしとするか、だった。

アラジの考えていた共闘とはおそらくむこうが俺たちを使う形だったはずだ。今回はそうではない。あくまでこちらが上。顎《あご》で使うつもりはないにせよ、顔だけは最低限立ててもらわなければならない。

この場に立った以上、それくらい承知の上だと信じたいのだが――。

「しかし、傭兵だけで正規兵に挑むとはじつに痛快。よくもまあそんな決断をしたものだ」

いやに上機嫌だ。なんだか気持ち悪い。

「……成り行きだ」

「うむ。私も後押しをした甲斐《かい》があったというものだ」

「…………へ？」

そんなことされた覚えが、という思いと、眼前にあるアラジのしてやったりという表情が脳内で交錯し――。

「あああああああああ！」

突如、自分の口からは意図しない叫びが飛び出した。

――こいつか！　こいつだったのか！

本人からのネタばらしによって、ここでひとつのからくりが明らかになった。

山猫傭兵団《ウチ》とビムラ独立軍との対立が決定的になり、本拠の移動を余儀なくさせられた元凶はソムデンなどではなく、この男だったのだ。

そうなれば裏の事情もだいたい想像がついてしまう。

この防衛戦の指揮を執るという依頼は、最初はこのクソジジイのところに持ち込まれたのだ。

火神傭兵団《ようへいだん》はそれなりに売れた名前だ。山猫傭兵団《ウチ》の戦闘力については大幅に増強がなされたが、名声はそれに追いついてはいない。ならば選択肢として優先されたのがどちらかとは悩むまでもない。

しかしこの男はそれを固辞し、話が俺のところに来るように仕向けたのだ。むろん仲間に引き入れた上で、一番大きな責任を背負わせるためだ。俺が巻き込んでやったと思っていたが、実際は逆だった。ミュアキスに仲介を頼むまでもなく、こいつらがここに来ることは必然だったのだ。

「そちらの団長さん、いや元団長さんとはたまに飲む仲になっていてね。君のことも他人とは思えなくなっている」

「………はいそうですか」

何のことはない、内緒にしていたはずの奥さんと子供のことはどうせ伯父貴《おじき》が自分から喋《しゃべ》ったのだ。高い酒でも奢《おご》られていい気分になったに違いない。それをうまうまと利用されたのは自業自得というやつだ。

「…………くく。さすがにあの顛末《てんまつ》までは予想できなかったが。まあ罪滅ぼしの意味も込めて、できる限りのことはさせてもらうつもりだよ」

「…………よろしくおねがいします」

もはやこの野郎と憤る気にもなれない。事態はそんなところをとっくに超えて進行中だ。

何がそうさせたのかはわからないが、アラジにとって俺たちと共同作戦をとることは、どちらが上、どちらが下という形式にこだわるまでもない程度には意義あることになっていたらしい。

「ふふん。そういうことだ。よろしくな」

俺とティラガ、双方を睨《にら》みつけるようにして出張ってきたのはギリスティス。アラジとは違い、こいつとは直接刃を交えたこともある仲だ。

「だがよ、てめえらには借りがあるのは忘れてねえぜ。そのうち型には嵌《は》めてやるが、今回はナシだ。命拾いしたな」

「こっちは貸し借りなんかどうでもいいんだが……」

「がはは、そうつれないこと言うなよ」

馴《な》れ馴れしく肩を叩《たた》いてくるが、鬱陶《うっとう》しくてしかたがない。

同じように叩かれたティラガが怪訝《けげん》な顔でぼそりと呟《つぶや》いた。

「……？　あんた、そんなんだったか？」

「ああん？　どんなんだっていうんだよ」

「いや、前に戦ったときにはもっとやれそうに思ったんだが、こう改めて見るとそうでもないような気がしてな」

……………おい。

ティラガにはおちょくってやろうという意図などなかったのだろう。浮かんだ感想を素直に口にしただけだ。とはいえいくらなんでも素直すぎる。こんなのは誰が聞いたって喧嘩《けんか》を売っているに等しい。

「んだとコラ」

言われた当人もこれを挑発だと受け取った。お預けにされたはずの因縁《いんねん》だが根が単純な猪武者《いのししむしゃ》のこと、それを再び持ち出すことになんの躊躇《ちゅうちょ》もない。

「…………」

「…………」

ずい、と両者の距離が狭まっての睨《にら》み合い。いや、睨みつけているのは片方だけで、ティラガのほうは柳に風と受け流しているのか。その涼しげな態度がまたギリスティスを苛立《いらだ》たせている。

あまりに危険な一触即発。このままでは敵との戦いが始まる前に、味方同士で血を見ることになってしまう。

「ふはははは。副長、これは一本取られたな」

それを遮ったのはアラジの笑い声だった。

不満そうに視線を外すギリスティス。親と仰《あお》ぐ人物がこれを座興だと片づけた以上、子分が我を張り通すわけにはいかない。

「……団長《オヤジ》」

──ふむ。

俺にはギリスティスが以前と何かが変わったようには見えなかった。向かい合って感じた獰猛《どうもう》な威圧感はいまも健在のままだ。

しかしティラガはこの二年でさらに強くなり、かつての強敵は加齢とともに衰えたのだろう。わずかだった差は歴然のものとなり、もはや強敵とはなり得ないことを勇者の眼力ははっきりと感じ取っていた。

そしてそのことをアラジも察した。もしかしてギリスティス自身にもわかっていたのかもしれない。

それでも意地は引き下がれない。それは傭兵《ようへい》の、あるいは男の習性というやつだ。

「「おおおおおーッ!」」

ひときわ大きな喚声が中央部、門の周辺から響いてくる。ここは開戦前から最も激戦区域になると予想されていた箇所だ。

攻城側からすれば相当数の兵が城壁を乗り越えればよし、門をこじ開けてもよしであり、勝利条件が複数存在する。さらには小細工なしの『王者の帰還』を演出できる。

エルメライン軍の動きから初戦が南の正門で行われることが確定的となったとき、アラジ率いる火神傭兵団《ようへいだん》はその守備を自ら買って出た。

『他に適任はいないと思うがね』

堂々たる自負に対しては反論する気にもなれなかった。兵を指揮することにかけては、俺たちのうちの誰もがこの老雄の域に達していないのだ。

「来い！　バカどもが！」

前衛に配された傭兵たちは上から身を乗り出すようにして槍《やり》による刺突を繰り出していた。彼らは迫りくる敵も、弓の的になることも恐れていない。一本二本の矢なら躱《かわ》す、あるいは払い落とす。それをしながら戦える程度には鍛えられていた。

しかしこちらばかりが精鋭なのではない。敵もさるもの引っ掻《か》くもの、頭上からの攻撃にひたすら耐え、じりじりと梯子《はしご》を登ってくる。そこへ――。

「ほらよ」

とばかりに投げ落とされたのは油の壺《つぼ》、次いで火のついた松明《たいまつ》が投下される。

先頭の敵兵が盾ごと火だるまになり、地上に落下した。

歴戦によって培われた度胸と、得意の火計戦術の合わせ技。結果、その場所の守備はまさに鉄壁。城壁の天辺に手をかけることすらさせない圧巻の戦いぶりだった。

「やる」

「トザンの火蜥蜴《ひとかげ》、老いていまだ健在というところか」

俺の感嘆にロスター将軍が被《かぶ》せた。

「知ってんのか。爺さん」

「知らいでか。儂《わし》が現役の時分にはそこそこ通った名前じゃった。ま、その頃はアラジではなかったと思うがの」

「ふーん」

トザンはここから北にあるそれほど大きくも小さくもない国だ。ヴェルルクスまでの道中に何度か通過したことがあるが、これといって特異な印象も受けなかった。ただ、かつては周辺の国々とさまざまな軋轢《あつれき》があったという話は聞いている。

火神傭兵団はそのあたりの経緯から生み出された存在なのかもしれない。あの爺さんが偽名を使っているのもそれなりの、たぶん暗い領域に属する理由があるのだろう。


城外で鳴らされた銅鑼《どら》の音が城壁の上にまで響き渡った。

──やった、か。

これはおそらく引《ひ》き鉦《がね》だ。このまま攻め続けても城門突破はあたわず、自軍の被害が大きくなるだけ。敵はそのように判断したということだ。

その予想を証明するかのように、敵兵たちは梯子を登るのを止め、城壁の傍《そば》まで押し寄せてきていた者たちも後方に下がってゆく。

「よし、勝《か》ち鬨《どき》を──」

間を置かず勝利を宣言するべき場面。それで味方を鼓舞し、敵の戦意をさらに挫《くじ》く。しかし、それはひとまず保留にせざるを得なかった。

波が引くように後退する敵の中でただ一人、こちらにむかって歩みを進める人物がいたからだ。

「余興だ。誰か腕試しに応じる者はいないか」

そいつは手に持った大鉞《おおまさかり》のような武器を掲げ、大声で挑戦状を叩《たた》きつけてきた。

「やらせろ」

その声は自分のところにまで届かなかった。しかし口の動きと、催促するような視線がティラガの望みが何であるのかをはっきりとわからせる。

「了解を得るまでもない。好きにやる」

どうせそんなふうにでも思ったのだろう。城の外にむかって弾かれたように駆け出すヒルシャーンの姿も見えた。

……おい。

どちらもやりたがっている。あいつらはこの数時間さんざん戦ってきたはずなのだが、強者との一騎打ちはまた別腹らしい。

この戦い、決着がつくまではまだ時間がかかるが、今のところこちらが優勢。緒戦《しょせん》はこれで終わってくれて何も問題はない。

逆にむこうの立場からすれば、退却の合図を出してはみたものの、傭兵《ようへい》ども相手に完敗とあっては正規軍の面目丸つぶれ。士気を下げたくないのであれば、なんとか格好をつけるまでは終わらせたくないところだ。

だから危険を承知で、温存していた手札を切ってきた。

ジンブラスタ将軍。ここであえて徒歩であるのは、こちらの陣営に騎馬での一騎打ちができるやつなどいない、と半ば見くびってのことか。

――あれを潰しちまえば。

戦局は大幅にこちら有利になるだろう。いまある士気の優位。そんなものは誤差にすぎなくなるほどの圧倒的優位が手に入る。

しかし、そんなことにはならないし、させない。あいつはその確信に近いものがあって、こうして一騎打ちを挑んできたには違いないのだ。

……さて、どうすっか。

などと考える時間は多くは与えられていなかった。

遠くから走ってくるヒルシャーンと、立ち止まってこちらを見るティラガ。二人の位置関係上、直ちに『やれ』と命じれば舞台に立つのは朱雀将軍《カルガージャ》。このまま沈黙を続けるのならば強敵への挑戦権は玄武将軍《ラ・リソナンド》の手に渡ることになる。

どちらかにやらせてもいい。やらせてもいいが、安全策をとって『相手にするな』と言いたいところでもある。とはいえ、それでは収まりそうにもない。ヒルシャーンは俺が止めたところで気づかないふりをするだろうし、それをむざむざ見過ごすくらいならティラガだって飛び出しかねない。

ああもう――。

迷った時間は数秒に満たない。だがその数秒のせいで、事態は俺の判断を待つことなく進行した。

「俺様が相手になってやろう」

そう言って、ジンブラスタの前に立つ人物が現れたのだ。

思えばその男はずっと戦場のど真ん中、激戦区であった正門のすぐ上にいたのだ。一騎打ちの呼びかけに応じようと思えば、城壁から飛び降りればすぐだ。

――つっても、ほんとうに飛び降りる奴があるか！

地面まで落ちても死なない高さだとはいえ、ふつうの奴なら躊躇《ちゅうちょ》する。だがそいつは以前、俺が超人の域にあるのではと数えたうちの一人だ。であれば、これくらいはやって当然の身体能力とクソ度胸を持っているには違いない。

火神傭兵団《ようへいだん》副長、ギリスティス。

その場にいたことを忘れていたわけではないが、完全に自分の指揮下にあるともいえない以上、ここでの選択肢には入っていなかった。しかし考えてみれば、あのおっさんが勇躍するのもむべなるかな。あいつはあいつの人生において、その大剣を振るうことによっておのれの存在意義を示してきたに違いないのだ。

それに対するジンブラスタの反応はといえば――。

「そちらは歴戦の勇者殿とお見受けするが、あえて老骨に鞭《むち》うたずとも、後進に道を譲ればいいものを」

ギリスティスは本日最も多くの血が流れた場所で、最大の戦果を挙げたうちの一人だ。そのことを将軍が見ていないはずがない。

ならばこの嘲弄《ちょうろう》の構えは必ずしも本意というわけではなく、いわば心理戦を仕掛けてきたといっていいだろう。両者の年齢差は十あるかないか。あえて年寄り呼ばわりするほどのものではない。

「なにをッ！」

それが挑発であることくらい考えなくてもわかりそうなものだが、ギリスティスは瞬時に沸騰した。

もともと煽《あお》りに弱い性格ではあるのだろうが、この前のティラガとの一件もある。この男がこの場に立ったのは、若僧たち何するものぞ、との意地もあったはず。それを真正面から逆撫《さかな》でされた形になっていた。

結果、ギリスティスはその激情のまま突進した。

「うおらッ！」

「ぬん！」

近い間合いで大きく振りあげられた大剣。岩をも両断する斬撃を大鉞《おおまさかり》が受け止めた。

——おおう。

ティラガは安く見積もったようだが、俺の目から見ればギリスティスの迫力は敵であった時とそう変わらない。ならば、それを真っ向から組み止めたジンブラスタ将軍もまた、数少ない超人の一人であるということだ。

そこからは足を止めての乱打戦。かつて間近で見た光景に近いものに移行した。最初の一撃の勢いのまま、ギリスティスが大剣の雨あられを浴びせかけ、それを将軍が防御する展開だ。

「……まずいな」

そう呟《つぶや》いたのは一騎打ちへの参加を諦めたヒルシャーンだ。途中で行き先を変え、俺の近くまで来ていた。

「そうなのか？」

大剣とは思えぬ手数の多さは健在で、その一つ一つが必殺の威力。

今のところギリスティスが攻撃権を手放すようには見えない。

「あの男、自分の歳をわかっていない」

「……む」

「腕前がそう変わらんのならば、攻めているほうが疲れるものだ」

ガツンガツンと強烈な金属音が響いてきてはいるものの、言われてみれば目まぐるしく動いているのはギリスティスだけ。対する将軍は最小の動作で防いでいるかに見える。このまま有効打を当てることができないのなら、先に体力が尽きるのがどちらになるのかはわかりきっている。

「むこうはまだ余力を隠し持っているようだな。ま、そろそろ出してくるか」

直後、ギリスティスの大きな気合が炸裂《さくれつ》した。

「うおおおおおーッ！」

渾身《こんしん》の一撃。どれほどの防御であったとしてもその上から粉砕する。そんな意志が込められた斬撃に思えた。

「……あれは苦し紛れというやつだ」

冷ややかに評するヒルシャーン。

それはジンブラスタも同じ感想だったのか。これまではただ受け止め、受け流すだけだった守りが変化した。攻撃に対して倍する力で弾き返すものへと。

「ぬあッ」

頭上に大きく跳ね上げられた大剣。完全なる力負け。全力を全力でねじ伏せた末に現れたのはがら空きになった胴体だった。

「もらったッ！」

大鉞《おおまさかり》の一打が袈裟《けさ》懸《が》けに振り下ろされた。

それは神速でも全力でもない。ただ目の前の敵を倒すためだけの、確実な一撃。

肩口から入った刃が胸甲を割り、肉を切り裂き、そして骨を粉砕する。

「────────！」

それまで固唾《かたず》をのんで見守っていた城壁の内と外。そのどちらからでも、それが勝敗を決定づける一撃であることがわかったに違いない。

歓呼と落胆。二つのどよめきが渦巻く中、真新しい傷口から鮮血を迸《ほとばし》らせ、ギリスティスの巨体がずでんどうと地に伏した。

# 第七十九話　双剣の鬼

メンシアード城内にある民間の集会所には多くの人々が集まっていた。その顔触れは地域の有力者、力のある商人、なにがしかの団体の長などだ。

「皆様すでにご存じかと思われますが、昨日、当城城門にて戦闘が行われました」

壇上に立ち、満員となった会場を見回す。その数はだいたい百といったところ。

この集会を行うとの布告を行ったのは昨晩のことだが、この人数を集めるのは難しくなかった。誰もが一様に不安を抱え、この町で現状いったい何が起きているのかを知りたがっていたからだ。出席できるのをそれなりに立場がある人物に限定しなければ、さらに何十倍もの人々が押し寄せていただろう。

「詳細については軍事機密ゆえ、申し上げられぬこともあります。ですが市民の方々には極力被害が及ばぬよう厳命しておりますので、ご安心いただけましたら幸いです。このことにつきましては皆様がお帰り次第、ご家族、お知り合いの方々に周知いただけましたらと思います」

そんなふうに言いながら、聴衆たちに深く頭を下げた。それが意外だったのか、場内に軽い驚きが溢《あふ》れたのが伝わってくる。

これは前々から予定されていた行動だった。

昨日の戦闘は後味の悪い終わり方をしたものの、俺たちは敵の総攻撃を食い止めることができた。それが意味するのは、通常の戦闘ならばこちらに分があるということだ。むこうがあれ以上の力を出してくることがあるとすれば玉砕覚悟。あらゆる犠牲を顧みず、明日なき戦いを仕掛けると決断したときだ。

しかしそれは最終手段。まだそこに行きつく段階ではない。

現にエルメラインたちは本陣を後退させていた。

部隊をいくつかに分け、手薄な城門を探るような動きを見せているとの報告もある。むこうも可能な限り時間を活用し、いろいろと策を講じてくるつもりのようだ。

こちらに打って出るという選択がない以上、相手の出方に対応するしかない。

ならば俺たちが当面相手するべきは、内なる不安だった。

メンシアードの市民たちは自分たちの生活、財産に影響が及ぶことを恐れている。いや、城外との往来が途絶えてしまった以上すでに影響は出ているわけで、このまま不満が拡大すれば彼らを敵に回すことになる。そうなれば籠城戦《ろうじょうせん》などおぼつかない。

「皆様に不便、不自由をかけることは申し訳なく思っています。ですが、我々としても今回のことは避けては通れぬ国難だと考えております。なにとぞ、いましばらくのご辛抱を賜りたく存じます」

ここで被《かぶ》るのは雇い主の前で脱ぎ捨てたはずの、おりこうさんのウィラードさんの仮面だった。軍人らしく、将軍らしく威圧的にふるまうよりも、ここは真摯《しんし》で懸命な若者を演じたほうがいいだろうとの判断だ。

——ま、感触は悪くねえな。

たいして中身のない説明であることは自分でもわかっている。いろんな言い回しで『大丈夫。問題ない』を繰り返すだけだ。

「……………将軍さま、もし城門が破られたらどうなりますかの？」

「各城門ともわれらが勇将、精鋭たちが堅く守っています。それはありえません」

内心の動揺は簡単に伝わるものだ。ありえないことは全然ないと思う気持ちは抑えつつ、ここは断言する。

「どれくらい辛抱すればいいのでしょうか？」

「あと一週間。それくらいの時間をいただきたく」

こんなので市民たちの不安が払拭されるはずもないが、質疑応答をしているうちに聴衆たちの中には、しばらく我慢するしかないか、くらいの空気が生まれていた。

そもそもこういった説明の機会があること自体が異例なのだ。

軍の命令は上意下達が基本。市民たちへの指示は高札《こうさつ》などで布告が行われるか、下級兵による一方的な伝達が下りてくるだけ。そしてそれらは問答無用で実施されるものだ。

こうして将軍様が直々に頭を下げ、質疑に応じることなど決してない。だからこそ、ある程度好意的には受け止められている。

「もし皆様の財産などに不慮の被害があるようでしたらご報告をお願いします。後日、国庫より補償の沙汰《さた》があります。その際、不正と思われる請求がありましたら処罰の対象となりますので、その点はご注意ください」

メンシアードは近隣諸国では有数の大都市だ。たった一度の集会で町中への周知などできるわけもなく、こういった催しは他の場所でも用意されている。

「お疲れさまでした。次に行きましょう」

本日行動を共にしているのはイルミナと――。

「あと三つか。さっさと回ろうぜ」

なぜかバドラスが俺の護衛についていた。

当初の予定ではこのおっさんはとっくに牢《ろう》に入れられているはずなのだが、戦端が開かれた今になってもなんとなく衛兵の役割を続けていた。

戦える人間のほとんどは城壁に張りつきになっているので、城内の治安維持を任せられるのはこいつとその手勢くらいしかいないのだ。

だから見回りついでということで、今回は一緒についてきてもらっている。

護衛という名目だが、この戦時下に将軍ともあろう人間がチビの女と二人でうろうろしているのは体裁《ていさい》が悪い、という理由のほうが大きい。要するに見栄えを良くするためのお供ということだ。

「しかしよう、怪我人《けがにん》が出たら見舞金を出すとか、損害は補償するとか、あんたらそんなことまで考えてんのな」

バドラスは互いの妙な立場をあまり気にしないのか、道中でもよく話しかけてくる。

「ん？　考えてねえよ」

「は？」

「あんなもん全部出まかせだ」

城内の一般市民を安堵《あんど》させること。それが俺に課せられた役割であって、それ以外は知ったことではない。まず肝要なのは勝利することだ。そのためには嘘《うそ》でも出まかせでもなんでも使う。

俺の言ったことが本当になるのか嘘になるのか、辻褄《つじつま》を合わせるのは俺ではない別の誰かの仕事だ。最終的な勝者が勝者の責任を果たせばいい。こっちとすれば、勝ったんだからそんくらいやってやれ、という気分だ。

「……あんた、なかなかいい性格してんな」

「いい性格で悪かったな」

「いや、褒めてんだ。正直、爺《じい》さんも婆《ばあ》さんもなんでこんな若僧に大将なんかやらせてんだよ、馬鹿じゃねえの。とは思ってたんだが、馬鹿じゃねえな。やっぱそれなりに只者《ただもの》じゃねえわ」

ここでバドラスは顎《あご》を撫《な》でながら思案のそぶりをする。

「ちょっと考えたんだが………」

「なんだよ」

「ここであんたを斬っちまえば、それで戦は終わんじゃねえか？　そんで俺は勲功一等をもらって万々歳《ばんばんざい》、ってなわけにはいかねえか？」

「いくか！」

俺がここで不慮の死を遂げたところで、ロスター将軍あたりがなんとなく引継ぎをするだけだ。指揮系統やらなんやらがぐだぐだになるのは間違いないが、それで一瞬にして勝敗が決まるわけではない。

たぶん仲間たちは仇討《あだう》ちくらいは真面目《まじめ》にやってくれるだろう。果たしてこのおっさんは血眼《ちまなこ》になったティラガやヒルシャーンから無事に逃げ切れるのか。エルメラインのもとに生還するのは不可能とはいえないまでも、それなりに難しい。

「……そうか、残念だ」

「残念がるな！」

これが本気でないことは最初からわかっている。そのつもりがあるのなら問答無用で俺を斬り捨てていればいいことだからだ。

「…………」

「お前も物騒なものはしまえ」

すでに袖口にナイフを忍ばせているイルミナをたしなめる。俺の身を案じてくれるのはありがたいが、諧謔《ジョーク》を解さないのも困りものだ。

「いや、冗談だからな、お嬢ちゃん」

くわばらくわばらと肩をすくめるバドラス。とはいえいざ真剣勝負となると俺とイルミナの二人がかりでもこいつに勝てるかどうかは怪しい。大国メンシアードで一隊を率いる士官ともなれば、それなり以上に武に秀でているはずだからだ。

そして、その片鱗《へんりん》が垣間見えたのはそのあとすぐのことだった。

「イヤーッ！」

路地裏から不意に聞こえてきたのは女性の悲鳴のようなものだ。

何らかの緊急事態。市中見廻《みまわ》りを兼ねての任務中とあれば捨て置くわけにはいかない。

「何をしている！」

通りから路地を覗《のぞ》き込むと、見えたのは一人の女性。それに数人の男たちが群がっている光景だった。ごろつきか暇を持て余した傭兵《ようへい》か、風体《ふうてい》は明らかにまともでない。

そこで何が行われようとしていたかは想像がつく。剥ぎ取られた衣服、それと自ら脱いだであろう猿股《パンツ》と股引《ぱっち》がいくつか、そこらへんに散らばっていた。

「なんだてめえらは！」

「見りゃわかんだろ。お前らの大っ嫌いな官憲だよ」

……ったく。くそったれどもが。

今は戦争中であるから、誰もが家に引きこもっている。市中に人出はほとんどない。とはいえ用事があれば外出しないわけにもいかない。この男どもはそういう人々を狙った追いはぎのような連中だ。

こうして太陽が照っていても状況は真夜中と同じか、なお悪い。人目が少ない上に獲物《えもの》が見つけやすいのだから、こういう手合いには絶好の機会だ。たまたま出会ったのが若い女であれば、そういう狼藉《ろうぜき》に及ぶこともあるだろう。

もちろん許すわけにはいかない。単純な正義感もないではないが、それ以上にこういった輩《やから》を野放しにすれば俺たちへの信頼を揺るがせる。

「助けてください！」

男たちはこちらに気を取られている。その隙をついて半裸にされた女性が走り寄ってきた。

「もう助かっています」

それをイルミナが支えるようにして受け止めた。

こいつのいう通り、彼女がこれ以上危険な目に遭うことはない。

「そのまま表通りまで避難させてやってくれ」

「はい」

二人分の足音を背中に庇《かば》うようにして男たちに向きなおる。あとは――。

「お前ら全員おとなしくしろ。ひとまずはブタ箱行きだ」

――っても、その後はどうすりゃいいんだよ。

ティラガならこのあたりの段取りを教えてもらっているのかもしれないが、俺は市中の取り締まりなんかしたことがない。ここからは法官の取り扱いになるのか、はたまた戦時下であるから司法権は軍の管轄になるのか。その場合裁判官の役割をするのは自分かプリスペリア殿下、あるいはシャリエラの婆《ばあ》ちゃんか。などと考えていると――。

「いや。おとなしくしなくていいぞ。全力で逆らってこい」

馬から降りたバドラスが俺の前方に進み出ていた。短刀と長刀、左右に一本ずつの剣を抜き放ち、つかつかと男たちに歩み寄る。

その剣幕に男たちは一瞬躊躇《ちゅうちょ》した。

ヤバいところを見つかった。おいおまえらどうする。という気持ちと、せっかくこれからいいところだってのに邪魔しやがった。という怒りがせめぎあい――。

「ふざけるなてめえ！」

結局は怒りのほうが勝ったらしい。男たちはパンツを丸出しにしたまま手に手に得物を構えた。おそらくはこちらの人数のほうが少ないことも災いした。力ずくでどうにでもできると判断したのだろう。

むろん戦力計算は俺だってしている。たった二人しかいないとはいえ、こんなドサンピンどもに遅れはとらない。むしろ逃走を図られたほうが面倒なことになっただろう。

――ま、とりあえずブッ倒すか。

あとのことはあと。まずは事態を鎮静化させることだ。そう思って腰の剣を抜いた。

だがわずか数秒ののちに、俺はその考えが甘かったことを知る。

「おおああッ！」

この前返してやったバドラスの短刀。それがいきなり炸裂《さくれつ》した。

手加減などまるでない。分厚く、重い一撃が先頭のチンピラの頭を砕いた。頭蓋の上半分を吹き飛ばされた体が、ごぼ、という音だけをたててその場に崩れ落ちる。

――マジかよこいつ。

荒っぽいことになるのは織り込み済みだったが、一足飛びに命のやりとりになるとは思っていなかった。しかし、その展開の速さに驚いたのは自分だけだ。相手の後続に対しては動揺する暇さえ与えなかった。

バドラスが深く一歩を踏み込み、反対の手に持った長刀で斬り上げる。さらに斬り下ろす。それでまた二人が倒れた。

最後の一人がまた渾身《こんしん》で振るわれた短刀の餌食《えじき》となり、それで終わりだった。

――強《つえ》え。

超人ではなくても、十分に達人級の腕前。双方の戦力差は当初の見積もりに比べ、過剰すぎるほどにこちらが上回っていたのだ。

その惨劇《さんげき》を前に俺と、戻ってきたイルミナは茫然《ぼうぜん》と見ていることしかできなかった。

「すまん。ちっと頭に血が昇った」

返り血に塗《まみ》れたバドラスがこちらを振り返った。血だまりに倒れたうちの三人はすでに動かない。一人だけが叫びながらのたうち回っているが、これも助かるかどうかわからない。

「…………やりすぎだ」

「わかってる。普通なら懲罰もんだな」

無傷で捕縛して法の裁きを受けさせる。それが衛兵の仕事の基本だ。抵抗すれば制圧することになるが、よほどの激戦にでもならなければその場で殺すことなどほとんどない。

「今は普通じゃねえから懲罰なんかしねえけどよ」

普通じゃないのは、バドラス自身がそうだった。今の実力からすれば、全員の骨を二、三本ずつへし折って無力化させるのは造作もなかったに違いない。しかしそうはしなかった。初めからそのつもりがなかったように思えた。

「…………」

ばつが悪そうにこちらを見るバドラス。激情は一瞬燃え上がっただけだ。その眼《め》にはもう怒りはなく、喧嘩《けんか》を叱《しか》られた少年のような表情になっていた。

チンピラどもの狼藉《ろうぜき》は、この男にとって絶対に許せない何かに触れたのだ。おそらくそれは本人の過去に由来することで、自ら話そうとしない限りこちらから尋ねてはならないことだった。

今、この空間は悲しみの色のようなもので満ちていた。

イルミナが俺の袖をぎゅっと掴《つか》んだ。

これは恐怖のゆえではない。こいつも同じもの、無精髭《ぶしょうひげ》の中年男が持った何らかの寂寥《せきりょう》を感じ取ったのだ。

「…………」

しばらくの沈黙ののち、その手を優しく振りほどいた。俺たちには他人の感傷に構っている余裕などなく、バドラス自身も構われたいなどとは思っていないだろう。

「俺とおっさんは先に行かなくちゃなんねえ。ここの後始末は――」

「わかりました。本部に戻って応援を呼んできます」

「悪いな。もしわからねえことがあったら――」

「シャリエラ様の指示を仰《あお》ぎます」

えらく話がはやい。そうしてイルミナと別れ、次の目的地へと向かった。

――このおっさんは使えるかもしんねえな。

馬上でそんなことを考えた。

この一件でバドラスの為人《ひととなり》が垣間見えたような気がする。

忠があり、勇があり、義がある。表面上はいい加減なところもあるが、それだけの単純な人物ではなく、内に秘めた鬱屈《うっくつ》を抱えていた。そのことがこいつを信用してみてもいい気分にさせた。

俺にはちょっと人間をあてがわなくてはならない心当たりがあるのだった。この男ならその場所にぴったりあてはまるかもしれない。

「あのな。ちょっと頼まれてほしいことがあるんだが」

「……なんだよ。俺たちは敵ってほどじゃねえが、味方同士でもねえんだぞ。頼みごとなんてする仲か」

「いや。この話を最後まで聞いたら、あんたはぜひ協力させてくれって言うか、尻込みしながら全力を尽くすか。そのどっちかだ」

それは絶対の自信だった。

「…………なんか怖《こえ》えんだが」

「俺だってこんなややこしい話抱えてたくねえっての」

目に見えるお姫様同士の対立がこの国《メンシアード》の混乱のすべてではない。その下には何者かの存在が病巣として横たわっている。

……それって俺の立場でどうにかする話かよ。

という疑問がないではない。雇い主を勝たせることが自分の仕事で、それ以外の部分は触らなくてもいい、触るべきでない領域のはずだ。

しかし、完全に無視もできない形で知ってしまった。しかもそんな重要事項であるにもかかわらず、現時点でプリスペリア殿下にもロスター、シャリエラの二人の老人にも、他の誰にも相談できないでいる。

他国人である自分がこれほど気を揉《も》んでいるのだ。俺がこいつならと見込んだ以上、栄えあるメンシアードの軍人であるバドラスは喜んで手伝うべきなのだ。

# 第八十話　破れかぶれ奇襲

「ウィラード様、お茶が入りました」

「おう。ありがとな」

軍詰所の執務室。イルミナが淹《い》れたての紅茶をテーブルに置いた。

熱々はどうも好きではないのだが、ふわりとした香気に鼻腔《びくう》をくすぐられ、すぐに口をつける気分になった。

「……うまいな、これ。いいやつじゃないのか？」

こちとら由緒正しき一般庶民の出だ。茶葉の良し悪しなんかに詳しくない。それでも飲めば美《う》味《ま》いか不味《まず》いかくらいはわかる。

「たぶんいいやつです。プリスペリア殿下にいただきました」

「道理で」

「上手な淹れ方も教えてもらいました」

「ほーん」

開戦から一週間と少しを過ぎ、俺は少々時間を持て余すようになっていた。傍《はた》から見れば暇人のように映るかもしれない。

もちろん城壁を挟んでの攻防は今も絶賛継続中だ。

正門への総攻撃が不発に終わり、ギリスティスのおっさんがぶった斬られたあと、メンシアード正規軍は作戦を変更した。力押しでの正面突破を諦め、城の東西南北に部隊を分散させたのだ。

寄せ集めの傭兵《ようへい》どもに一度遅れをとった以上、もはや体裁《ていさい》にはこだわらぬ。城壁を越えられるのならばどの場所からでも構わない。それによって確実に勝利をもぎ取る。とまあそういう塩梅《あんばい》だ。

それはこちらも想定していたことで、四方の防御を固めて対応している。

となれば総大将たる俺は決め打ちでどこか一点に張り付くよりも、どこで何が起きても即座に駆けつけられる場所で待機していたほうがいい。ということで、軍の詰所を司令部と位置づけ、そこに陣取って各所からの報告を待っているという次第である。

一気呵成《いっきかせい》の攻撃も長らく仕掛けてきていない。

攻めると見せかけては攻めず、引くと見せかけては寄せてくる。こちらが戦力を集中させたと見るや、わずかな小競《こぜ》り合いだけで退却する。これまでに伝えられたのはそのような情報ばかりだった。

揺さぶりをかけて弱点を見抜こうとしているのか、あるいは時間をかけて疲弊させようというのか、つまりむこうはまだ本気ではない。

しかし、いざここが戦機と見定めれば、それこそ電光石火の攻撃を仕掛けてくるだろう。

ただ、それがいつになるかはわからない。夜討ち朝駆けは当然に考えられるし、今この瞬間であってもおかしくない。

判断すべき時に的確なる判断を下すことこそ将たる者の役割。それまでは気力体力を温存しておかなければならない。傍《はた》からサボっているように思われたところで内心はずっと気を揉《も》んでいる。見かけほども楽なことはけっしてないのだ。

「……ほこりが落ちています」

落ち着かないのはイルミナも同じだ。

各所への連絡係として傍《そば》についてもらっているものの、現在とりたててしてもらうこともない。自分の分のお茶を飲んだ後は、部屋の掃除なんかを始めてしまっている。

「…………ふむ」

ぼんやりと眺める視線の先で、尻がぴょこぴょこ動いていた。

「……お前、よく見たら生意気なケツしてるな」

なんとなくの感想が口をついて出た。

実のところこれは今に始まったことではない。以前からたまに思ってはいたのだ。

イルミナは乳こそガキのごとく真っ平なのだが、尻だけであれば十分鑑賞に値するのではないか、と。母性を感じさせる大きさはないが、上向きにキュッとほどよく引き締まり、それでいて視覚的な柔らかさも併せ持っている。人格は控えめなくせに、尻の自己主張はなかなか一人前だ。

「…………？　生意気なお尻ですみません」

「いや、褒めたんだ。謝らなくていい」

「はあ。ありがとうございます」

せっかく褒めてやったというのに心のこもらぬ口先だけの礼。もっと嬉《うれ》しがったり照れたりしてもらわないと、張り合いのないことこの上ない。

あまつさえちょっと視線を外したところで、

『ぱぴん』

という破裂音まで聞こえてくる始末だ。

「おいこら。屁《へ》をするな」

「……？　おならはしていません」

「やりました。この耳で聞きました」

「しましたが、なにか？」

……ったく。こいつは。

一度は否認したのだ。ならば最後までしらを切ってもよさそうなものだが、この女は早々に黙秘権を放棄した。

「嫁入り前の婦女子たる者、男子の面体で屁などたれてはならん！」

兄貴分として最低限の礼儀作法ぐらいわきまえさせる必要があるだろう。いや、こんなのは最低限どころではなく最低限のそのまた最低限。人と獣との境界線だ。

「大丈夫です」

「大丈夫なこととあるか」

「ウィラード様はおならぐらいで私のことを嫌いになりますか？」

「……そりゃまあ、ならんけどよ」

一丁前に口答えまでしくさるが、たしかに屁《へ》くらいは誰でもするのだ。それでイルミナを嫌いになるようなら、全人類を嫌わなくてはならないことになる。

「それに、私はかわいいので」

「…………」

こいつがかわいいか否かの事実認定において異論はない。しかし、それを自分で言ってしまうのはなんとなく問題あるように思う。

「かわいくて良かったです。ウィラード様に好きになってもらえましたから」

「そこはちょっと論理の飛躍があるな」

「……？　ないと思いますが。ウィラード様は初めて会った時から私のことが好きなので」

「…………ぬ」

これはそうである部分とそうでない部分があって、否定も肯定も嘘《うそ》になる。かといって黙ったままでいると全面的に認めてしまったような感じになる。何かしら言い返してやらなければならないのだが――。

「会議だよ。来な」

助かったのかそうではないのか。ここで執務室の扉が叩《たた》かれた。声の主はシャリエラの婆《ばあ》ちゃんだ。

「もうそんな時間か」

ご老体にわざわざご足労いただいたのではない。これはいわばもののついで。

俺たちはいつ王都を捨てて逃げ出すことになるかもわからない。それを考慮すれば主要人物は一か所に集めておいたほうがいいということで、プリスペリア殿下以下こぞって王宮を引き払い、現在はこのむさくるしい兵舎を根城としていた。

これは作戦会議というよりは報告会。それぞれの情報を持ち寄るのが主な目的だ。プリスペリア殿下、シャリエラ婆ちゃんの他、カルルックが出席している。

「しかしまあ、ちっと長引いてんな」

当初の計算では、この時点でむこうの兵糧《ひょうろう》は尽きていてもおかしくなかった。

しかし、玉砕覚悟の総攻撃はまだ行われていない。つまりは戦闘継続ができるくらいには食わせているということだ。

「節約するにも限度があると思うんだが、そのあたりどう見る？」

「そうだねえ――」

まずはシャリエラの婆ちゃんが意見を返してきた。

「少なくともあたしの仕事に遺漏《いろう》はないよ」

「……えらく自信満々だな」

「こっちも長年それで食ってきたわけだからね。自分のやったことに穴があったかどうかくらい、感覚でわかろうというものさ」

開戦を決意した時点で軍には十分な資金も兵糧《ひょうろう》もなかった。そこに誤りはないだろう。であれば進軍中、あるいは王都に到着したあとになんらかの補給があったことになる。

ただ、その出所がわからない。

軍には金がない上に、物資の手配を行っていた軍官僚も追い出しているのだ。

「念のためにね、大将軍閣下の邸宅のほうも見張らせてはいたんだよ」

そこから私財が持ち出された様子もない。もともとエルメラインは王宮内の孤児のようなものだ。生活に困ることはなくても、五〇〇〇もの人間を長らく食わせるだけの財産などはじめから持っていなかった。

「てことは……」

「どこかに裏切り者がいる。そう言いたいんだろ」

「そこまではっきりとしたあれがあるわけじゃねえが」

「とりあえず探してみるかい？」

「探してもいいが、見つかったたって現状が打開できるって話にはなんねえしな」

しかし、王都の中に軍と通じている者がいる。

政権内部の人間か、はたまた市井《しせい》の商人か。おそらく大掛かりなものではないだろう。プリスペリア殿下とシャリエラ様、現代と古代の才媛《さいえん》が揃《そろ》って市場にまで目を光らせている。それをかいくぐれる程度には小さいものであるはず。だが、その小さなものがこの数日の延長戦を生んでいた。

「…………申し訳ありません」

「姫さんに謝ってもらうことじゃないっての」

あまり恐縮されても逆にこっちが申し訳ない。これまでの会議において彼女がきちんとやってくれていることは承知している。そんなことまでやってんの、と思うことすらしばしばだ。

ただ、状況はあまりよくない。

この時間経過は、自陣によくない影響を及ぼしていた。

これはわかっていたことでもあるが、士気の低下が激しいのだ。

傭兵《ようへい》は辛抱が効かない。辛いこと、苦しいことは早々に投げ出す傾向がある。

その習性を計算に入れた上で、短期決戦ならどうにかごまかせるだろうと考えていたのだ。しかし、戦闘は当初の想定を超えて長引いている。

「深刻なのかい？」

「深刻っちゃ深刻だな。さっさと総攻撃を仕掛けてきてもらわなきゃ、こっちが自滅するかもしれねえ」

各傭兵団の親分衆に言い含め、脱走だけはなんとか抑えている。なんとか抑えているが、ひとつ間違えば雪崩《なだれ》を打って逃げ出される恐れがある。

「そうならないようにできるのかい？」

「どうにかするつもりだが、どうなるかはわからん」

最悪すべての傭兵に逃げられた場合、山猫《ウーチ》傭兵団と火神傭兵団、ロスター将軍の手勢、総勢で千に満たない人員で最終決戦を強いられることになる。

俺だって子分どもに『ここで死ね』とは言えない。そうする価値もない。万事休すとなったら、この人たちを抱えてどこか遠くへ消えるしかないのだ。

「んで、町の様子は」

こちらの担当はカルルックだ。本来民政は専門外らしいが、ほかに人員がいない。

「よくはありません。城内の不満は大きくなってきています」

「………だろうな」

市民たちにはなるべく普段通りの生活をしてもらいたい、だから戒厳令なども布《し》いてはいない。だが城門や城壁の近くなど、立ち入り禁止にした区画は少なからずある。不便であることに間違いはない。

それに昼夜関係なく、どこからか怒号や鬨《とき》の声は聞こえてくるわけで、あからさまに戦時下だ。そんな状態では誰もまともに経済活動を営む気にはなれないだろう。

俺が頭を下げて回ったことも一時の気休めにしかならない。

『さっさと終わらせてくれ』

そういった機運が盛り上がるのも理解できてしまうのだ。

「それから治安の悪化も深刻です。開戦前に比べても深刻になっています」

経済が停滞しているということは、傭兵《ようへい》たちにも仕事がないということだ。暇になれば悪いことをする。それがあいつらの習性だ。ろくに貯金もしていないから、そうでもしないと干乾びて死んでしまうというのもある。

今からでもこちらの陣営に来てくれれば仕事だって与えられるのだが、そうなれば命懸けで戦わされるのは必定《ひつじょう》。それよりも衛兵のいない隙に悪事に精を出したほうが楽で実入りがいい。そんなふうにでも考えているのだろう。まったくもってクソな奴らだ。

「強盗、それと空き巣狙いが多発しています。被害の報告をまとめるだけで手いっぱいで、何の対応もできていません。……実は私の家もやられました」

「…………そりゃお気の毒」

笑い事ではない。こちらもこちらで危機だった。市民たちの不満に火がついて暴動でも起こされると止めようがなく、それはそのまま敗北に直結する。

どの場所も早急に手を打たないと取り返しのつかないことになるだろう。しかし有効な手立ても思い浮かばないまま、時間だけは容赦《ようしゃ》なく過ぎてゆくのだった。

結局、そのでたらめな作戦を決行したのは翌日のことだ。

「今日はここまで、か」

正門の城壁の上でティラガと二人、並んで敵陣を眺めた。

日は翳《かげ》り、周囲は薄暗くなってきている。隊長たちの指示で城壁にいくつもの篝火《かがりび》が灯されたが、その明るさは敵兵が接近してくれれば見える程度。敵本陣の動きまではぼんやりとしかわからない。

「そうだな、いつもだいたいこんなもんだ」

本日この場で行われた戦いに、自分も一日中張りつきになっていた。

この期《ご》に及んでも敵はまだ本気ではない。それは朝の段階で察しがついていた。十数人の部隊がいくつか、それぞれ離れた場所から侵入を試みようとしてくる。しかし、弓や投石で応戦しようとすれば、その射程内には入ってこない。

ならば引きつけてからと様子見に徹していると、梯子《はしご》をかけて城壁を登ってこようとする。だがこれも慎重だ。反撃の動きがあると直ちに撤収していく。どうも極力怪我人《けがにん》を出さないようにしているようだ。

しかし、本気の攻撃ではないからといって無視することもできない。こちらが完全に油断しているとわかれば、好機とみて全軍で押し寄せてくるだろう。

「兵たちには順番に休憩をとらせてるが、いまいち取った気にはなれんようだな」

「かもな」

どうしても気持ちは休まらない。神経は次第に消耗し、体力にも影響してくる。そうすることがむこうの目的でもある。

「夜は夜で寝させてくれねえしな」

「ああ。話は聞いてる」

夜中はさらに少人数。二人、あるいは三人組のいわば特殊部隊のような連中が忍び寄ってくるらしい。城壁を攻略するつもりなどはじめからなく、弓や吹き矢などで見張りの兵だけを狙うのだ。

一人二人が削られたところで全体の戦力はどうともならないが、心理的な影響は大きかった。

「…………うっとうしいな」

「うっとうしいだろう。まったく。さっさとかかってくればいいものを」

こいつらはこの十日あまり、こういったものと戦っていたのだ。

その歯がゆさは理解できる。どれほどの武勇があったところで、手の届かない範囲にいる相手にはなんの意味もないのだ。

「だがよ、今日あんたがここに出張ってきたってことは、いよいよ何かをやるってことだな」

「ま、そのつもりではいるんだが、期待してもらってもてめえの出番はねえぞ」

「まあそんな気はしてたけどよ。やっぱ主役はあっちのほうか」

指さされたのは火神傭兵団《ようへいだん》の持ち場だ。そこは昨日までに比べて人数が半減していた。なんらかの配置換えがあったことは明らかなのだが――。

「いんや。あいつらも今回は裏方だ」

できる限りの協力はする。

団長であるアラジははじめにそう言った。それを根拠に、あの物騒きわまりない専門傭兵《スパルタン》たちのすべてを絞り出してやってもいいだろう。

あいつらの持つ力。それは敵兵と斬り結ぶことだけが能ではなかった。

昨日は会議のあと、急転直下の変事があったのだ。

夜になって、何人かの傭兵《ようへい》たちが面会を申し込んできている。

自室にどやどやと押しかけてきたむさくるしい面々。いずれも何かを思いつめたような雰囲気がある。一目見た瞬間からイヤな予感しかしなかった。

「すまん」

招き入れるなり開口一番、頭を下げたのは牛首傭兵団のジオルドだ。連れだって来たのは子分どもではなく、同規模の地元傭兵団の親分たちだった。

「……いきなり謝られても何がなんだか」

「俺たちはもう無理だ。これ以上は辛抱できん」

「…………」

「いや、俺はまだまだやれる。ここにいる親分さんたちだってそれほどヤワじゃねえ。だがよ、もう子分どもを抑えきれねえんだ」

器量不足を笑ってくれ、とジオルドは再び頭を下げた。

……まあ、そんなとこだろうな。

もちろん笑う気分にはなれない。危惧《きぐ》していた事態は予想より早く訪れた。

こいつらは我慢比べに負けたのだ。

問われていたのは腕力ではなく精神力。自律、自制、克己《こっき》、こらえ性。それらを正規軍と比べるとなると、これは力比べをするよりよほど分が悪い。少々の暴力には立ち向かえても、精神的負荷《ストレス》には弱い。一般市民が耐えられるものでもこいつらは耐えられない。それが傭兵の習性というものだった。

「…………」

敵前逃亡は重罪だ。

正規軍であれば絶対に許される話ではなく、軍法と司令官の気分次第で首が胴から離れることもありうる。

しかし、傭兵にとってこれは権利だった。寝返りなどはもっての他だが、そうでなければこいつらは報酬を放棄して退転する自由があるのだ。

だから、認めなくてはならない。やる気のなくなった連中を無理に引き留めたところで害にしかならないというのもある。

「…………わかった」

ここはそう言うしかない。言うしかないのだが、『ここで終わるのか』という無念が自らの口を開かせようとしなかった。

こいつらの配下となるとその数は千に近い。それらに抜けられて果たして戦局は維持できるのか。戦力的には当然のこと、士気のほうにより大きな打撃となるだろう。

『あいつらが逃げるんなら、俺たちも逃げるからよ』

他の傭兵たちまでもがそう言いだせば、もはや止めることはできない。

「しかしよう、山猫傭兵団《あんたんとこ》はすげえな――」

俺がじっと黙り込むのを見て、ジオルドがお世辞のような話を振ってきた。

「それに、あの白髭《しろひげ》の爺《じい》さんとこもだ。どんな鍛え方したらあんたらみてえな、そんな強くなれんだよ」

こいつらにだって内心忸怩《じくじ》たるものがあるはずだ。

建前の上では、傭兵団《ようへいだん》とは『漢《おとこ》』を売り物にする商売だ。その団長たちであるからには逃げて恥になる状況、ならない状況くらいわきまえている。こいつらはそれをわきまえた上で恥を忍び、恥を晒《さら》しに来ていた。

「それはな——」

今さら語っても詮無いことだった。

山猫《ウ》傭兵団《チ》の連中が傭兵ではありえないほど辛抱強くなったのは、それぞれの心にくりかえし希望を植え付けてきたからだ。昨日より今日、今日より明日。生活は、人生は格段に良くなっている。それを実感させてきたからこその現在《いま》だ。

火神傭兵団もアラジの爺さんの統率のもと理想か展望か、いずれ似たようなものが与えられてきたはずだ。

しかし、こいつらにそんなものはなかった。あったのは正規軍への恨み、妬み、敵愾心《てきがいしん》、そして単純な欲望。それらを戦いの原動力としていた。長続きするものではないと最初からわかっていた。

それを踏まえても数日、一週間も耐えきれば勝利できたはず。それが予想を超えて長引いたことで、俺たちの戦略は大きく破綻を迎えようとしていた。

――ここまで、か。

胸のうちには、諦観に限りなく近いものが去来していた。

「そんで、あんたらはどうするつもりだ？」

責める意図はなかった。こうなれば俺たちもお姫様を連れてより良い退散の方法を探るべきだった。

そうするともはや同じ穴の狢《むじな》であるから、こいつらにもここまで戦ってきてくれた分の報酬を支払ってやってもいいのかもしれない。ただすぐに現金が用意できるわけもなく、このままこちらが負ければ実行は永遠に覚束《おぼつか》ないのだけれど。

「あのな――」

と溜《た》めたあとのジオルドの返答。

これが俺の想定を大きく覆《くつがえ》した。

「明日、突っ込ませてくれ」

「はあ！」

俺が馬鹿のような大声をあげてしまったのも許されるべきだろう。

どうやら事態はさらに明々後日《しあさって》の方向に進もうとしているようだった。

「突っ込むってどこにだよ。まさか――」

「え？　敵陣に決まってるだろうが」

「んなもん勝てるわけねえだろ！」

「勝たせてくれよ！　あんたが大将なんだから、なんか策を考えてくれ！　このまま辛抱すんのは無理だって言ってんだろが！」

逃げさせてくれ、ではなく、華々しく戦わせてくれ。

そんな要望を突き付けられるとは思ってはいなかった。いや、こいつらが完全に腰抜けだと見くびっていたのは申し訳ない。しかし、いくらいい方向に裏切ってくれたとはいえ、まさかその通りにもできないのだ。

いきあたりばったり、錯乱したかとしか思えない総突撃。それをさせるにも一旦城門を開かねばならない。しかしどれほど全力を振り絞ってくれたところで、こいつらが正規軍に勝てるわけがない。薄皮一枚の傷でも与えられたら御の字。けちょんけちょんにされてすぐに舞い戻ってくるだろう。

その時、敗残の連中を収容するために再び門を開く必要がある。するとどうなるかは考えるまでもない。敵兵どもも一緒になだれ込んでくるだけだ。そのまま一気に王宮まで占拠されてしまう。

必敗の策。策というのもおこがましいただの暴挙だ。

負け戻った連中が泣こうが叫ぼうが城門は閉ざしたままにする。そう非情の決断をしたところで結果はそう変わらない。

味方が哀れに虐殺されるところを見せられれば、城に残った連中の金玉だって縮み上がる。戦意はどこまでも限りなく落ちて氷点下。それはそれで戦いを続けられない。

そうでなくともここにいる面々を明日、確実に地獄に送る気分にはなれなかった。ごく短い期間だとはいえ、生死を共にした戦友であるのだから。

「馬鹿も休み休み言えってんだ――」

鬱憤《うっぷん》晴《ば》らしにはつきあってはいられない。こっちはこっちで店じまいの算段を考えるから、迷惑だけはかけないでくれ。

「なんでおとなしく逃げさせてくれ、って言わねえんだよ。そっちのがよっぽど楽だろが」

「そりゃあよ、あんたらの姿を見たからに決まってんだろ。同じ傭兵《ようへい》があんなふうに戦ってるんだ、どうか俺たちだけとんずらさせてくれ、なんざ言えねえよ」

ただな、とジオルドは続けた。

「俺たちはあんたらみてえには強くねえ。強くねえだけじゃなく、たぶん心のどうしようもねえ部分で弱《よえ》えんだろうな」

死神がこの辺りをふらふらと飛び回っていた。自分たちのことにはそれほど興味もないが、たまに思い出したように誰かが目をつけられ、命を落とす。それが恐ろしい。

「つっても、俺たちだってこのまま逃げていいってわけじゃねえのもわかってる。それこそ男として死んだも同然だ。だったらいっそのこと、ズバッと殺してもらったほうがましだ。そしたら男として死ねる」

「無駄に死んでもらうつもりはねえが」

「それによ、身を捨ててこそ浮かぶ瀬もあれ、って言うじゃねえか。端《はな》っから命を捨ててかかりゃ、それで開ける運もあるってもんじゃねえのか」

傭兵《ようへい》らしい雑な理屈だが、そんなものが通るわけはない。

こいつらに集団戦の経験などあるはずもなく、敵陣のもっとも手薄なところにぶつけたところで返り討ち。粉々にされるのがオチだ。

いやもう、余計なことしなくていいからどっか引っ込んでてくれ。

そう言いかけて、頭の片隅になにか天啓のようなものが閃《ひら》めいた。結果、自分の口から出たのは真逆の言葉だった。

「………よし。明日だ。てめえらのやりたいようにやらせてやる」

「いいのかよ！」

「いい。てめえらが欲しがった策ってのを用意してやる」

冷静に考えれば、敵さんのほうでもこちらから攻勢に出てくるとは考えてはいないだろう。奇襲といえば奇襲になる。ならばここで一足飛びに勝利とまではいかなくても、それを引き寄せる手くらいは打てるのかもしれない。

負けるのはいつでもできる。ならば一度くらいの悪あがきはしてみてもよかった。

「さて、やるか」

敵兵たちは城門の周辺から完全にいなくなった。

彼らは少し離れた場所で集結し、隊列を作っている。四方に散っていた者たちも加わり、その数は二百人といったところだろう。

『今日はこんくらいにしといてやる。明日また覚悟しておけ』

俺の気のせいかもしれないが、そんな舐《な》めた様子で本陣まで戻ろうとしていた。

その背後で静かに、城門は開かれた。

「「うおおおおおーッ」」

ジオルドを筆頭に、千に近い数の傭兵たちが出陣した。

ついに訪れた機会であるだけにその出足はすさまじい。思い思いに雄叫《おたけ》びをあげながら敵部隊の背中に肉薄する。

むろん、敵もすぐさま異変には気づいている。文字通り背中から斬りかかることができたわけではない。それでも意表は突いた。統率は整っておらず、これではまともな応戦ができない。当然こちらにも指揮というほどのものはなく、ただただ思いっきりぶつかっていったにすぎない。

ならば乱戦だ。

乱戦であれば問われるのは個々の力とその合計だ。正規軍と傭兵との力の差はきわめて小さくなる。

「おらあッ！」

「往生せいやッ！」

この時点での人数差はほぼ五倍。たとえチンピラの寄せ集めであったところで多勢に無勢。そのチンピラどもはパンパンに膨《ふく》らんだ堪忍袋を爆発させるようにそれぞれの得物を振るった。

転ぶ、逃げる、討ち取られる。みるみる数を減らす敵兵たち。応戦はたちまち潰走に変わり、味方はそれを追撃する態勢になった。

もちろんこんな優位は長く続かない。

待機していた敵本陣のほうが動き始めたのだ。そちらのほうでも予想外の事態だったに違いないが、それでも対応は早かった。

「馬鹿どもめ、血迷ったか」

自暴自棄《やけっぱち》。膠着《こうちゃく》に焦《じ》れて自分から城壁の優位を捨てた自殺行為。そんな気分でもあったのかもしれない。

本陣からは次々と新たな部隊が出撃してくる。動きはきわめて俊敏。統率もとれている上に人数も多い。それらがたちまち傭兵《ようへい》たちに迫った。この波に飲み込まれればあいつらは一巻の終わりだ。

しかしそれらがまだ接触もしないうち、十分な距離がある状態で傭兵部隊の中から号令があがった。

「散れーッ！」

「オラァ！　ぐずぐずすんな！　どいつもこいつもさっさと逃げろ！」

それは退却命令だった。

威勢はいいが、勇ましさはかけらもない。ここまでくればいっそ潔いというものだ。

蜘蛛《くも》の子を散らすようにてんでばらばらに、まさに遁走《とんそう》だ。傭兵たちも躊躇《ちゅうちょ》なくそれに従った。

それでにわかにむこうの出足が鈍った。

一撃を加えるまでもなく、攻撃すべき目標が雲か霞《かすみ》と消えたのだ。果たしてこのあとどうすればいいのか。勇んで出てきた敵は様子見をするように、やがてすべての部隊がその場で静止した。勝敗でいえば、彼らはすでに勝っていた。ここで迷ったのは傭兵どもを掃討すべきかどうかだった。

一人ずつ追いかけて順番に討ち取る。簡単なことだが、それで血祭りにあげられるのはそう多くない。大半はまんまと逃げおおせてしまうだろう。

だが、逃げられたところでどうということはないのもまた事実。傭兵の首なんか獲《と》っても手柄にならないし、これがなにかの陽動である可能性も否定できない。

ならば深追いは禁物。彼らがそう判断したのは当然だといえるだろう。

――ばーか。

それがこちらの付け込む隙だった。

『一発くらわせたらさっさとずらかれ。さもないとえらい目に遭わされるぞ。それから、あんたらが出て行ったあとは門は閉じたっきりだ。絶対にこっちには戻ってくんなよ』

ジオルドたちには最初からそういう指示を出していた。

それゆえに傭兵たち全員に渡していたものがある。逃げてどこかの町まで辿《たど》りつくための水、弁当、いくらかの路銀、それに――。

「火だ！」

敵陣の一角で声が上がり、薄闇の中に赤い光が灯った。

そこに篝火《かがりび》があったわけでもなく、松明《たいまつ》を持った者が近づいたわけでもない。しかし、火の気などなかったはずの場所が突如として燃えていた。

——よし！

出撃した傭兵《ようへい》たちは懐に少量の油と火種とを忍ばせていたのだ。その火種はアラジの爺《じい》さん謹製、石綿で包んでいれば結構な時間長持ちする火神傭兵団の秘伝だった。

『逃げながら、近くに燃えそうなもんがあったらなんでも燃やせ。手ごろなもんがなけりゃそこらに生えてる木でも草でもなんでもいい』

つまりは、城門から出て行った連中はことごとくが放火魔だったのだ。

合図のあとは統一された指揮もなく、それぞれが勝手に逃げながら火を点ける。結果、炎はいくつもの場所から上がることになる。

敵陣の中で、

「消せ！　火を消すんだ！」

という指示と、

「賊どもを片っ端から討ち取れ！」

という命令が交錯していた。

——さて、どっちが正しいんだろな。

俺がむこうの指揮官であっても、とっさにどうすればいいのかは迷うところだ。

消火に専念したところで、別の場所から次々と火の手は上がる。かといって全員を倒そうにも、無軌道に動き回る連中をすべて片付けるのは困難だ。しかも一旦点いた火は放っておけば他のところに延焼してしまう。

「兵糧《ひょうろう》だ！　兵糧と武具を守れ！」

肝心な命令が出てくるのは少し遅かったように思えた。

彼らは城を攻めることばかりを考え、守りはおろそかになっていた。いや、この戦況で守備のことを考える必要などないはずだった。

ありがたいことに傭兵の中に誰か気の利いた奴がいたのだろう。そいつは隙をついて本陣深くまで忍び込み、そこに火を放っていた。

光に照らされてぼんやりと見えるのは荷車の車列。何が積まれているのかまではわからないが、兵糧ならば値千金、他のものであっても大手柄だ。

「ふは、やりおった！」

城壁からその光景を眺めながら、ロスター将軍が歓声を上げた。

俺も一緒になって喜びたいところなのだが、そうはいかない事情が出来《しゅったい》していた。

「何をしている！　今が好機だろうが！」

「今じゃねえよ！」

苦情の主はヒルシャーン。これまで鬱憤《うっぷん》を溜《た》めていたのはこいつも同じ。ゆえにここで出撃させろと言っているのだ。

混乱に乗じて騎馬隊を投入。戦場を縦横に駆け巡って敵を減らす。あわよくば将の二、三人でも討ち取れるかもしれない。

まことにこの猛将らしい、決まれば爽快な作戦だ。彼らの機動であれば敵陣を駆け抜け、どこか手薄な門から再び城内に戻ってくる。それも不可能ではないだろう。

——明日。いや明後日か。

それが最終決戦になる。それは確信に近い予感だった。

いかに勝算があるとはいえ、時が来るまでこの男を無駄遣いするわけにはいかない。だからこの場はごまかしの一手だ。

「酒だ！　酒を持ってこい！　おまえらも全員飲んでいいぞ！」

燃える敵陣を肴《さかな》にしての宴《うたげ》。そんな機会は誰の人生においてもそうそうないだろう。

# 第八十一話　少女の覚悟

「……手前《てめえ》はいつ寝てるんだよ？」

兵舎の中、プリスペリア殿下が私室として使う部屋の前にユリエルダが門番のようにして立っていた。

「何の用事だ？」

「姫様は起きてるか？　二人きりで話がしたい」

人事を尽くして天命を待つ。

昨日の戦いのあと、敵陣の様子が明らかに変化していた。そこから発される『気』のようなものに余裕がなくなったのだ。

なけなしの兵糧《ひょうろう》を焼き払ってやった。これは経験豊富なロスター、アラジの二人の老人も同意見だ。俺の楽観的な思い込みばかりではない。

そしてこの日、敵軍は一切の手を出してこなかった。これ以上戦闘を長引かせることは諦め、最終決戦にむけての準備にすべてを費やしたのだろう。

準備を整えたのはこちらも同じだ。思えばやり足りないことなど山ほどある。それらの取捨選択を含めてやれることはやった。

最後に残ったのが、プリスペリア殿下と話をすることだった。

作戦においてさほど意味あることではない。これは俺自身の気持ちの整理というか、感傷みたいなものにすぎないのだけれど。

「貴様と姫を二人きりにだと。できるわけがないだろう」

この女が断ってくるのも予想済みだ。

「あのな、もう愚廉恥《ぐれんち》だの非廉恥《ひれんち》だのと言ってる場合じゃねえだろ」

「……なんだそのグレンチとかヒレンチというのは」

なぜ通じない。

せっかくお前たちの水準に合わせてやったというのに。

「……ん、まあとにかく、変なことするつもりはねえよ。ただ内密に確認しときたいことがあるだけだ」

明日、誰もが自分の命を懸けることになる。それぞれの運命は果たしてどのように決まるのか。

正直なところ、

『うるせえ、今生の思い出にお姫様を抱かせろ。なんなら代わりにてめえでもいい』

そう言ってやってもいいくらいだ。言わないのは今生の思い出などにするつもりなどないからだ。勝つ。勝ってやる。そう思うからこそ、その後の人生を不利にするような言動は慎んだのだ。

「……私が傍《そば》にいてはいかんのか」

「いかんのだ。俺にも立場がある。秘密にしとかなきゃなんねえこともある」

一応はこちらの真剣さが伝わったのか、ユリエルダは一度部屋の中に引っ込んだ。

「……入れ。姫様が許可された」

次に出てきたときにはそんな返事を持って帰ってきたが、この結果はわかっていたことだ。もともとプリスペリア殿下自身はさほど俺を警戒していない。俺たちの逢瀬《おうせ》を邪魔する要因は最初からこの女だけなのだ。


「この男が不埒《ふらち》な仕儀に及んだら、大声でお呼びください」

ユリエルダは茶の準備だけを整え、再び門番の役回りに戻った。

部屋の中は俺とプリスペリア殿下の二人きりになる。

「お話とはなんでしょうか？」

「…………………いや」

この時、俺はいったい何の話をしにきたのか完全にわからなくなっていた。

奥の寝室から出てきた殿下は、透けるような白の寝間着に薄手の上着を羽織っただけだったからだ。すぐ近くに護衛がいるから身の安全は保障されているとはいえ、いくらなんでもその格好はないと思うのだ。

不躾《ぶしつけ》な視線はするまいと自ら戒めるのだが、存在感のありすぎる胸がばいんばいんと、ついついそちらに目が行ってしまう。そして本人はどうもそれに無自覚であるようなのだ。

「……明日ですべての白黒がつく」

気を取り直して本題に入る。ここでしっかりと彼女の目を見据えた。そうしないと視線がまたあらぬ方向に行ってしまうからだ。

「……はい」

「全力は尽くす。だが、勝つか負けるかの保証はできない」

「覚悟は、しています」

「ちがう。そうじゃない」

このお姫様は生きるも死ぬも、自らの運命を天に任せていた。それがこの混乱を巻き起こした一方の当事者、旗印たる者の責務だとも思い定めていたのだろう。

「俺も、ジジイもババアもそこのユリエルダも、誰もそんなことを望んじゃいない」

「え？」

「だから、ヤバくなったら逃げろ。いや、絶対に逃がす」

「ですが……」

こちらの陣営が敗北した場合、自ら身を投げ出すことによって救われるものもある。どうせそんなふうにでも考えているのだろうが、そうはいかない。

「だめだ。あんたにどれほど不満があっても、これはあんたに付き従う全員の総意だ。だからもしもの時が来たらおとなしく逃げると、そう約束してくれ」

「………それ、は」

「嘘《うそ》をつきたくねえのはわかるが、ここは嘘でもいいから『うん』と言っといてほしいんだがな。さもないと俺はここで降りる」

国を二分し、力でもって王位を争う身。そうであればこそ、敗北してなお命を惜しむというのは厚かましい限りだ。覇権の夢破れれば潔く散る。それが本来の在《あ》り方だった。

しかし今回はその例外とする。プリスペリア殿下が女だからとか若年であるからといった、甘やかしの意味ではない。

「あんたは王なんかになるつもりはなかった。違うか？」

それが理由だった。

足止め作戦が失敗し、メンシアード王都に帰還してすぐのことだ。

プリスペリア殿下への報告を済ませたあとは、長旅を労《ねぎら》うようにまあまあ豪華な食事が用意されていた。その席上においての軽い雑談だった。

「なあ、婆《ばあ》ちゃん婆ちゃん」

シャリエラに話しかけたのに他意はない。自分たち以外に同席したのはこの人だけだったからだ。初顔合わせということで、むこうのほうもそのつもりだったのかもしれない。

「なんだい気安いねえ。あたしゃこれでも周りからけっこう怖がられるほうなんだけどね」

言われてみれば顔はたしかに怖い。童話に出てくるいじわるな魔女のような雰囲気もある。上司として仰《あお》ぐのなら気も遣ったのだろうが、こっちは機嫌を損ねたところで左遷されたり馘首《クビ》になったりすることはないので、そうびくびくするほどのことはない。

「いや、シャマリ家の家訓でな。口の悪いババアは信用してもいいことになってんだ」

「は！　それは坊やんとこのご先祖様に感謝しないとだね」

むろん根も葉もない冗談だが、この人とのつきあい方はどうもこんな感じでいいようだ。

「婆《ばあ》ちゃんは殿下に仕えてどんくらいになんの？」

「そうだねえ。あの方が親王宣下を受けてレギン公に封じられてからだから、もう二年になるかねえ」

「なんだそんなもんか」

「こっちが年寄りなもんだから、もっと古いと思ったかい？」

正直その通りなのだが、どれほど長くても殿下の年齢以上の年月であるわけがない。それでも二年というのは意外に短いように感じた。

しかし親王宣下を受けて以降、という理由には納得ができる。

親王、内親王というのは単なる王子様、お姫様の別名ではない。それらは成人する前後で国家から承認される公的な地位であり、それに封じられて以降は王室の藩屏《はんぺい》としての役割を期待されるものだ。

その機会にプリスペリア殿下が爵位を与えられたことも同じ意味を持っている。

メンシアードでは王太子は代々領地としてレギンの町を与えられ、レギン公を名乗る慣習がある。中央の政権の外に独立した勢力を保持し、王室に危難あるときは馳《は》せ参じて与力するためだ。半ば形骸化しているとはいえ、そういう危機管理のための制度だった。

「婆ちゃんはどうして殿下に仕えたんだ？」

「なに、簡単なことさ。国王陛下に頼まれたからだよ」

シャリエラ・ビザンはメンシアードに仕えて以来、地方中央の別なく要職を渡り歩き、それぞれの場所で成果を上げてきた。出世街道の本流こそ歩めなかったものの、一代の女傑《じょけつ》として周囲からは一目も二目も置かれる存在だったという。

定年をいくらか延長し、いよいよ退官かという段になって、国王陛下直々の打診があったのだ。

「こっちは隠居する気満々だったんだけどねえ、ぜひにと言われちゃ断れないよ。ま、最後のお務めとしちゃあやり甲斐《がい》はあったけどね」

あの娘はいい子だよ。真面目《まじめ》でねえ。才能もある。大したもんだ。

シャリエラは半世紀前の自分と重ね合わせるかのように目を細めた。

「ロスターの爺《じい》さんとは？」

「あいつとは腐れ縁だね。若い頃に軍務のほうに配属されたことがあって、それ以来かね。……昔からうるさい奴だったよ。その時分に物資の調達で融通《ゆうずう》を利かせてやったら、それで上から睨《にら》まれてね。あれがなかったら、あたしゃこの国の宰相《さいしょう》になれてたよ。ったく」

その不敵な表情は地位に執着する人物のものには見えなかった。

感じられたのはむしろ反骨だ。この人は女性だからとかそういった理由ではなく、その精神性ゆえに出世栄達のど真ん中から疎んじられたに違いない。そして本人がそれでよしと納得している様子も垣間見えた。

「じゃあ、カルルックのやつは？」

「あれはあたしらとは別だね。れっきとしたメンシアードの廷臣さ。国王代理の補佐官は内務の人事だからね」

「なるほど」

あいつはプリスペリア殿下にではなく、殿下が就く役職のほうに仕えているわけだ。主君はあくまで国王陛下。国からすればレギン公に仕える爺婆《じじばば》のほうが陪臣にあたる。

「あの男も何考えてんだかわかんないとこがあるけどね。こんなふうになっても逃げださなかったことだけは褒めてやるよ」

そうなのだ。宰相《さいしょう》以下、ほとんどの廷臣は事態の矢面に立つことなく自分たちの責任を回避している。殿下が動かなければ、エルメラインの乱は簡単に実現していたかもしれないのだ。

そこで考えたのは、国王は今回このような事態が起きることを予見していたのではないか、ということだった。

「そのあたり、婆《ばあ》ちゃんはどう思う？」

「さあ、どうだろね」

「いや、真剣なところを聞きたい」

「ふん。ひょっとしたらそうかもしれないね」

出会ったばかりでこちらには信用もへったくれもない。このへんはあまりあけすけにできない部分に違いなく、よそ者に対して簡単に喋《しゃべ》っていいことではなかった。

「最初っから降りるつもりだったんだろ？」

今になって考えれば、いろいろと想像つくことはある。

プリスペリア殿下は現状、王位継承権第一位を持ちながら王太子とはされていない。しかしレギン公には封じられているのだから、考えてみればこれは妙な仕儀だ。

与えられた家臣についても能力は確かだが、いずれも先のない老人だ。彼女がいずれ王となるのならば、周囲には長く王位を支えるための若手を配しておくべきではなかったのか。

加えて、この娘は今回のことで敵を作りすぎていた。

現時点で対峙《たいじ》している軍部はもちろんのこと、政治の空白を生み出したことで王都の市民にも嫌われた。そして俺たちという手駒を使い、ずいぶん好き勝手なこともしでかしている。廷臣たちもとんでもない娘だと思ったに違いないのだ。このお姫様を自分たちの上に仰《あお》ぐのは危険だ、と。

ゆえに明日、彼女が見事勝者となりおおせたとしても、それらの者たちから支持を集めることはない。メンシアードの次代の王は消去法的に別の人物が選ばれることだろう。

玉座への道はすでに閉ざされている。その程度のことがこのお姫様にわからないわけがなかった。

そこから導き出される結論はひとつ。

プリスペリア殿下は捨て石か、あるいは当て馬だったということだ。

もしかするとこれは悪い言い方だ。誰かが強制してそのようにしたわけではなく、本人の意思でそうしようと望んだのであれば侮辱になってしまうからだ。

とにかく彼女は自分以外のもののために立ち上がった。何かのために犠牲になるつもりだったのだ。

「だから、死なせねえよ。死ぬな。死んじゃいけねえ」

「…………」

誰のため、何のためかは知らないが、命までくれてやることはない。

やがて殿下は小さな声でその本心を語り始めた。

「いま仰《おつしや》ったように、私には王となるつもりはありませんでした。やはり私にはその器がなかったのだと思います」

太陽と月。王者とは太陽であるべきだ。颯爽《さつそう》と、堂々としたエルメラインに比べ、自分はあまりに卑小だった。彼女はそう感じていた。

……そこは違うんじゃねえかな。

短いつきあいだがプリスペリア殿下の資質もそう悪くはない。

エルメラインはエルメラインで躍起《やつき》になっていた。不安定な自分の立場、そして父エイブラッドの汚名を晴らさんがため、あえて太陽のごとくあろうとしていたのではないか。プリスペリア殿下は長らくそれを見続けたせいで自らを過小評価してしまっているように思えた。

「父も私の気持ちを汲《く》んでくださっていましたし、従姉上様《あねうえさま》のことも気にかけておりました」

「…………」

意外なことだが国王陛下の中には『次の玉座はエルメラインに』との考えがあったのだ。我が子の気持ちを慮《おもんぱか》った上で、国を穏便に治めるためならばそういう手段もありえる、と。

だがこれは簡単ではない。なにしろあの女は非公式には謀反人《むほんにん》の娘であるのだから。

「ですが、従姉上様は兵を起こすことを決意されました。私はこれを止めなければならない。そう思ったのです」

国王陛下はエルメラインが逸《はや》っていることも知っていた。地ならしを終える前に暴走する危険性があることを。

その不測の事態が起きたときのためのレギン公封襲だったのかもしれない。

廷臣たちがこぞって逃げたというのも単なる怯懦《きょうだ》ではなく、こちらから意図あって遠ざけたのだとも考えられる。政府が一丸となって軍と対峙《たいじ》すれば、これは将来に禍根を残す決定的な断絶ともなりえる。戦後の融和が難しくなるのだ。

エルメラインに対してプリスペリア殿下個人が対抗するのであれば、事態は王族同士の諍《いさか》いとして矮小化《わいしょうか》することもできる。泥をかぶる人間が最小限で済むのだ。

「…………つっても、そこまでしなくてもいいだろうよ」

エルメラインは政治の素人《しろうと》だ。それが力ずくで王位に就いたところでこの国のためにはならない。それはわかる。だが、いくら王族としての責務を感じたとはいえ、成人したばかりの娘が命まで賭してするべきことではないように思うのだ。

「…………しかしそれでは父が、お父様が悪者になってしまいます」

「――――！」

それか、と思った。

エルメラインの動機が父の敵討《かたきう》ちであったのと同じく、ここにも親子の絆《きずな》があった。

「わが父がどのように思われているか、シャマリ様もご存じなのではないですか?」

「……知っている」

プリスペリア殿下が王位を望むことをためらったのには、ここにもひとつの原因があったはずだ。今の国王陛下は王位を我がものとするため実の兄を陥れた。もしかすると父王までをも亡き者とした。

少なくともエルメライン以下、軍の人間はそう信じている。

文官たちの中にもそう考える連中がいるのかもしれない。当時あえて追及されなかったのは、大将軍でもあった王太子エイブラッドよりも、現国王のほうが自分たちに都合が良かったからではないか。

「……従姉上様《あねうえさま》の行動を見過ごすと、それが事実となってしまいます」

「…………」

歴史は勝者によって作られる。

真実はどうあれ、この場合はエルメラインの信じたことが後世に残る。国王は永遠の悪名を背負うことになるのだ。

「ですが、お父様はけっしてそのような方ではありません」

淡々とした声は、いつしか涙交じりになっていた。

掘り返してみればただの感情論。いわばその証明のために、この才媛《さいえん》はおのれの知性をつぎ込んだのだ。それは非理性ではない。親の愛情を一身に感じた身であればこそ、それは当然為《な》すべき孝行であったのだ。

「信じて、いただけますか？」

「ああ。信じる」

殿下は必死のわがままを許された子供のような表情をこちらに向けた。

……どちくしょうが。

心の中で吐き捨てたのは、なにに対するものであったのかはわからない。

この時、俺はこの才媛の無垢《むく》なる眼差《まなざ》しに対し大きな後ろめたさを感じていた。

躊躇《ちゅうちょ》なく『信じる』と答えたのは彼女の言葉を信じたからではなかった。かといって口先だけの慰めだったかといえば、そうではない。

ここに来る前から知っていたのだ。大義は国王陛下のほうにこそあると。

最初から正解が書かれた答案用紙を渡されているようなものだ。間違いようがないが、それで高い成績が得られたところで学業不正《カンニング》だと言われるだけだ。

「シャマリ様のことは、ほんとうに感謝いたしております」

むろん、プリスペリア殿下は俺の持つ葛藤《かっとう》など知らない。

ここでの好印象は居心地の悪さにしかならなかった。

「従姉上様をお止めすると決めたとはいえ、当初その方法については思い至りませんでした。レギンの勢力では軍を抑えきることができません」

その点については国王のほうに読み違えがあった。エルメラインの暴発は予期していても、軍のすべてがそれに与《くみ》するとまでは想定していなかったのだ。

「傭兵《ようへい》を徴募して対抗してはどうか。と発案したのは私です。ですが、ロスター将軍には強く反対されました。『数だけ集めても絶対に勝てぬ』と申されたのです」

そこは爺《じい》さんが絶対的に正しい。

今回の戦いをそこいらの傭兵だけでやっていたら初日で城は落ちていたはずだ。

「助け船を出して下さったのはカルルックさんです。『不可能を可能にできる傭兵団があります。どうかお任せください』と」

その時点で、それは山猫《ウ》傭兵団《チ》のことではなく、白髭《しろひげ》のジジイのところを指していた。しかしそのジジイのおかしな思いつきのせいで、お鉢が俺に回ってきたのだ。

「せっかくお骨折りくださったのに、そのご期待を無にしてしまうことにつきましてはお詫《わ》びのしようもありません」

ここで俺たちが勝とうが負けようが、プリスペリア殿下はいずれ権力を失う。勝利に貢献し、次期国王との紐帯《ちゅうたい》を強固なものとする。それで得られる恩恵は莫大《ばくだい》なものだっただろうが、それはこっちの勝手な皮算用だ。

「んなもん気にしちゃいねえよ。俺たちはこれからもこの国に居座る。それだけできりゃ御の字だ」

規定の報酬さえもらえれば、それ以上の要求を期待するべきではない。まさかいきなり出て行けという事態にもならないだろう。

「寛大なお言葉、ありがとうございます。そのシャマリ様のお言葉であれば、どのようなものでも従います。逃げよと仰《おっしゃ》るのでしたら、そのようにいたします。それでなんの罪滅ぼしにもならないかと存じますが、生き恥を晒《さら》させていただきます」

「ぜひそうしてくれ。少なくとも俺の気分が助かる」

客観的にはそんなもの恥でもなんでもない。ひとりの美少女が生きていることは、それだけでこの世界にとって素晴らしいことなのだから。

こうして、自分にとって満足いく答えが引き出せた。

これで明日は後顧の憂いなく戦える。策は用意してある。これで最後とあってか、安物の勇者どもの士気も高まっている。あとはやれるところまでやるだけだ、
そのはずだった。


俺の背中にむけて強烈な一言が発されたのは去り際のことだ。

「……あの、私を抱いていかれないのですか？」

「え？」

今まさに扉にかかろうとしていた手が固まった。

振り返ってみたはいいが、何を言われたのかまったく理解できていなかった。

俺が戸惑った様子を見て、彼女も自分の発言の迂闊《うかつ》さに気づいた。

「あの！　いえ！　ちが！　……あの、違うんです……。ちがいます！」

この慌てぶり。どうやら俺の聞き間違いではなかったらしい。彼女はたしかに『私を抱いていかれないのですか』と、そう言ったのだ。

「あの、その、ユリエルダが、ずっとそんなふうに言っていたので………」

……くそったれが。

あの女、こっちに文句をつけてくるだけに飽き足らず、殿下にまで妄言を吹き込んでいたのだ。

俺が彼女の肉体を欲している、と。

いや、欲するか欲さないかの二択でいうと絶対に欲するのだが、こんなありがたい徳の高いものは健康な男子なら誰でも欲するので、わざわざ俺に限って注意喚起をするほどのことではない。

こっちだってするべき自重くらいわきまえている。

しかし殿下のその言葉。これはもしかするともしかするだけでなく、今夜実際にそのつもりであったということではないのか。

「――――――――！！！」

心の中で悶絶《もんぜつ》していた。絶叫もしていた。おのれの感情が濁流にもんぎりこいて流されていくのを感じていた。

これで『知らないうちに懸想《けそう》されていた』などとうぬぼれたりはしない。これはそういうものではない。

彼女はさっきまで高い確率で死を覚悟していた。

ゆえに今生の思い出作りか、はたまたおのれの我儘《わがまま》のために命を賭す勇士に最後の褒美をくれる気にでもなったのか、あるいは単なるやけくそか。そのあたりのあれで、俺に身を捧げる気になっていたのだ。

むろんそれは、とんでもない先走りであったのだけれど。

「あっ」

そして今、殿下は自らがどれほど大胆な格好をしているのかにも気づいた。

これでもかこんちくしょうと言わんばかりに見せつけられていた胸の谷間が大慌てで覆い隠される。それは女神の御座《おわ》します天《あま》の岩戸《いわと》が閉じられた瞬間でもあった。

やけくそであれば抱かれても構わない。少なくともその程度には思われていたことは喜ぶべきなのかもしれない。だが、それはもはや過去形になっていた。

殿下の部屋を出て、自室には戻らず、調練場の広い敷地に出た。

「ああああああああああ！」

当然これは、あの高貴なるぼいんぼいんを堪能できる権利を喪失したことへの後悔の発露だった。誰かに聞かれたら気合を入れなおしていた、とごまかすところだが、案外それは嘘《うそ》ではないのかもしれない。

あれをこの手に掴《つか》み取ること。

さまざまな事情でそれは夢物語ではなくなっているのだから。

# 第八十二話　槍《やり》と鉞《まさかり》

「プリスペリア殿下は君たちの忠誠を悪だとみなしておられない。これまでのことについてはやむなきこと、と許されるだろう」

城壁から呼びかけた先には、これからまさに最後の戦いに挑もうとする敵兵たちがいた。

「武器を捨てて降伏しろ。そうすれば悪いようにはしない」

どれほど熱弁をふるったところで応じてくれるはずがない。そんなことはわかっている。

ひとつにはただの儀礼。そして敵兵が苦しくなったとき、この言葉にすがって戦意が折れることもあるだろう。そういうかすかな布石だ。

むこうもまた、今さら言葉を交わす段階だとは思っていなかった。

緒戦《しょせん》と同じ総力戦の構えだ。

違うのは一点。今度ばかりは相手は退却してくれないということだった。

兵糧《ひょうろう》は食いつくした。補給も期待できない。この戦場から逃げ出したところでもはやどこにも辿《たど》り着くことはできない。完全なる背水の陣。いや、破釜沈舟《はふちんしゅう》のほうが近いかもしれない。

どっちにしろ運命は二つにひとつ。勝つか、ここで死ぬか。

「こうなると逃げるという選択がある分、こちらが不利なのかもしれないね」

ディデューンの言うとおり、こちらは逃げることができる。俺たちにそのつもりがなくとも、傭兵《ようへい》たちが恐怖に駆られれば押しとどめることができない。

それまでに、勝負を――。

初手は前回と同じく、多数の梯子《はしご》を使っての攻城作戦だ。

敵は最初から必死の形相だった。

少々の投石、矢、油なら体を張って受け止める。梯子から落ちるにしても、限界まで耐えてからだ。それで後続がいくらか楽になる。次に登ってくる者も同じようにする。そうしてじりじりと一歩ずつ、確実に城壁を攻略するつもりのようだった。

だが、気構えだけでどうにかなるのなら初日で攻め落とされている。

素人《しろうと》の寄せ集めといえど、こちらの防衛もそれなりに上手くなっているのだ。

「おうら！」

「死んだれや！」

以前はただ闇雲に落とすだけだった投石は、壁から大きく体を乗り出し、狙いをつけて投げつけるほどに慣れていた。

敵軍の攻城櫓《こうじょうやぐら》は今回も健在だが、そこから放たれる援護の矢が少ないことも幸いしている。理由は単純。もはや矢の在庫が尽きかけているのだ。狙いをつけて、効果的に。そういう射撃の意図は伝わってくるのだが、やみくもな物量で圧倒されるほうがどうしても威圧感がある。自然、こちらの動きも軽くなっていた。

――このまま押し切れる。

そうは考えていない。楽して勝たせてくれる相手ではないはずだ。

その心配が実体化したのは、こちら有利の攻防がしばらく続いたあとだった。

地響きを立てて接近してきたのは数頭の馬に曳《ひ》かれた二台の大きな車――。

「衝車《しょうしゃ》か！」

破城槌《はじょうつち》とも呼ばれる攻城兵器。

もちろん現物など見たことはない。知っていたのは兵舎に模型があり、本棚にあった戦術書にも記載されていたからだ。ゆえに使い方はわかる。櫓《やぐら》の中央にぶら下げられた巨大な杭《くい》でもって城門をぶち破るつもりだ。

その後方には門より城内へ突入するつもりであろう敵部隊も続いていた。大将旗も翻っている。ここは余人にあらず、エルメライン自身が率いているようだった。

あれが前回使われなかったのは国の体面を慮《おもんぱか》ってのことか。身内のしでかしたこととはいえ、国家の表玄関が潰されたとあっては大国メンシアードの威信に傷がつく。しかし今回、そのような気遣いをする余裕など残っていなかった。

「今だ！　全軍、進め！」

地上からの号令とともに、城壁に群がる連中も勢いづいた。

架かる梯子《はしご》の本数がにわかに増えたのだ。攻撃の手数を増やし、衝車のほうには人手を割かせないようにする。その分自分たちの被害も大きくなるが、そんなことは端《はな》っから承知の上の捨て身の手段だった。

――ちぃッ。

これをしてきた以上、城門突破のほうが本命だ。だが城壁越えも単なる囮《おとり》ではない。梯子から落ちた奴、地べたで火だるまになって転がる奴を見殺しにしてまで愚直に前進してくる。ここで戦力分散を誤ればたちまち攻略されてしまう。

「火矢だ！」

ディデューン率いる弓矢部隊に催促する。

「やってるよ。けど――」

こちらはそもそも射手が少ない上に、腕前もたかが知れている。

白虎将軍《ミオスタイト》一人が気を吐き、少々の矢を命中させたところで巨大な櫓はすぐには炎上することはない。要となる車輪の部分などはしっかりと防御されていた。

「まずいね、これは」

「まずいとかじゃなくて！」

応戦もむなしく、衝車の勢いは止まらない。

進路を妨害すべく石、木箱、その他がらくたを投げ落とす。しかしそれらを屁《へ》のつっぱりにもならんと跳ね飛ばし、一台目が城門に到達した。

がおん、と門扉がひしゃげ、城壁全体が揺れたようにも感じた。

「まだだ！」

鉄でできた扉が歪《ゆが》むぐらいだ。ぶつかってきたほうもただでは済まない。一発目の衝車はすでに壊れている。その残骸が大至急で引きはがされたところに、さらに二台目が突っ込んできていた。

——頼む！

これに耐えきれれば、敵はひとまず手札を失う。

だが、祈ったくらいでどうにかなるなら人類すべてが坊主《ぼうず》にでもなっている。

再度の衝撃で太い閂《かんぬき》はへし折れ、門扉はあらぬ方向にはじけ飛んだ。

「やったぞ！」

内と外とを隔ててきたもの。それがついに失われたところに、大将軍率いる突入部隊が殺到した。

「撤退だ！　全軍撤退！」

もはやその命令を出すことに躊躇《ちゅうちょ》はしなかった。

これは敗北か。

否。そうではない。

諦めの悪いウィラードさんの本領はここからだ。これは城門および城壁を放棄する、そういう命令にすぎない。

直後、城壁を大きく揺るがすさっき以上の轟音《ごうおん》が響いた。

「いざとなったら城壁をブッ壊したい。できるか？」

「どういうふうに、かね？」

「そりゃあんたの得意な方法でだ」

「私の得意は少々荒っぽいが」

「そりゃあかえって好都合。なるべく派手にやってくれ」

アラジとそんな会話をしたのは一昨日、傭兵《ようへい》たちに持たせる火種を準備していた時のことだ。

その日、火神傭兵団に対して大幅な配置換えを指示していた。だが、いくら秘伝とはいえ千やそこらの火種を作るのにそれほど大人数は必要ない。

大半が従事していたのはまた別の作業だった。

たった今起きたのはその結果の爆音。

さらに爆音、続けての爆発音が響いた。

「……なんちゅう音だよ」

火薬、爆薬の利用法は王立大学院《アカデミー》でも研究されているが、安全といえるものはまだ確立されていない。だが、この度はひとまず安全でなくてもよかった。

なるべく派手に。そんな要求に応える成果が城壁を揺らしている。いかにわが母校に大陸中の知性が集結しているとはいえ、なまなかな研鑽《けんさん》では老雄が実戦の中で培った技術には及んでいないのかもしれない。

「逃げろ！　さっさと逃げろ！　巻き込まれるぞ！」

そんな指示を飛ばしながら、城の内側に逃げる。

程なくして城門付近の壁が巨大な蛇のごとく歪《ゆが》んだ。あるいはさらにのたうち回るように。やがて一部が土煙を上げて崩れ落ちた。

敵部隊は半分ほどが城内に突入していたが、正門付近が完全に埋まったことで、それ以上の進軍ができなくなっていた。あわれ瓦礫《がれき》の下敷きとなった者も少なくないはずだ。

そして、戦場の変化はそれだけではなかった。

城壁上部、さっきまで味方が応戦していた部分が広範囲にわたって炎上していた。あらかじめ燃えやすいガラクタを並べ、大量の油を撒《ま》いていた。撤退すると同時にそこに火を放ったのだ。

敵の侵入を食い止めるため。それも少しの間だけでいい。俺たちが目的を達成する時間さえ稼げれば、それで十分だ。


「この外道どもが！」

城門を入ったところではジンブラスタが激昂《げっこう》していた。

反論の余地はない。彼らが見たものもまた、燃え盛る王都の風景だったからだ。

負けた腹いせか、それとも混乱に乗じて逃げるためだとでも思ったか。どちらにせよ大勢の人が住まう街を燃やすのは外道も外道、腐れ外道の所業には違いない。

しかし、そうと叫んだところでもう遅い。大将軍麾下《きか》の突入部隊、三〇〇ほどの精兵が飛び込んだ先は炎の迷宮となっていた。

――べつにこっちだって闇雲でやってるんじゃねえんだよ。

どう思われようが結構だが、意図もからくりも当然にある。

まず、住民の避難は昨日のうちに済ませている。

加えて、これは町全体が燃えているかのように見えて、実はそうではない。炎に包まれているのは敵軍が突入した大通りから見える範囲だけ。それも一部のボロ屋を除いては、急ごしらえで用意した張りぼてだった。

よくよく見れば燃え方が不自然なのはわかるだろう。だがこの状況、敵味方ともに必死で勝ち筋を探している。落ち着いて見ている暇など誰にもなかった。

「今だ！　敵将を討ち取れ！」

ただひとつ、絶対的な現実として彼らはここで孤立していた。

好機はここにしかない。

他の場所は完全に放棄し、全員で敵将を討ち取ることだけに専念する。

この瞬間だけは俺たちが兵力で圧倒しているのだ。時間が経てば城外の敵兵が押し寄せてくる。合流を許せば今度こそほんとうに終わりだった。

城内に伏せていた連中が敵部隊に襲いかかる。さらにそれまで城門で戦っていた者たちも反転して攻勢をかける。

そしてここは俺自身も馬を駆り、剣を振るって大将首を狙うところだった。

「いつぞやの借り、ここで返させてもらうぞ！」

この窮地において敵側の出してきた答えは――。

「閣下！　このまま王宮を目指すのです！」

大将軍と少数の旗本だけが燃える市街を突破し、残りの連中はここで追撃を食い止める。予想通りというか、それしかねえだろ、という判断だ。

その指示のとおり、エルメラインと二十騎ほどが隊から別行動をとろうとする。新たな選択を迫る要素が現れたのはその時だった。

「姫さまあ！」

敵軍の遠く前方を横切るように、いくつかの騎影が市中を駆け抜けた。

「はやくおにげくだされ！　おにげくだされ！　おにげくだされえ！」

…………ドヘタクソが。

大根すぎて頭をカチ割ってやりたくなるが、あれはロスター将軍だ。しがみつくようにして馬に乗るのはプリスペリア殿下に扮《ふん》したジュラス、それと護衛が二騎。つまりは影武者の一団が賑々《にぎにぎ》しく登場を果たしたのだ。

どうする。といった逡巡《しゅんじゅん》が敵陣に走った。

こちら側の旗印であるプリスペリア殿下。虜《とりこ》にできれば死地から一転、敵軍の勝利が決まる。だが、あれはいかにもわざとらしい。あたりまえに囮《おとり》である公算が大。

「…………追え！」

こうしてエルメラインに付き従うはずだった半数はそちらに回された。

本物のプリスペリア殿下があえてわざとらしく振舞った。その可能性が否定できない以上、彼らにはそうするしかなかったのだ。

都合、十騎以下となった総大将の周辺。あれを捕まえれば――。

「貴様らの相手はここだ！」

そこには、当然に立ちはだかってくるべき者がいた。

猛将ヴェルギア・ジンブラスタ。現時点での戦力差など知ったことではない。全員が屍《しかばね》になってでも主君を生かす。向けられたのはそういう気迫だ。

「いや、ここは通してもらわなきゃ困るんだよ」

「くはは、大詰開幕だ。兄弟といえど、もう邪魔はさせん」

征《ゆ》く手を阻む者がいるのなら、それに挑む者もいる。俺の脇を風のようにすり抜け、ヒルシャーンが奔《はし》った。邪魔をするなと言われたが、この期《ご》に及んでそんな気はない。ここは最強の手札に対し、最強の手札をぶつける場面に違いなかった。

「アーララーイ！」

もはや名乗りも能書きも必要ない。語るべきものはすべてこの槍《やり》に乗せた。最短距離を、最速で、全力。一切の妥協なき最大火力。ジンブラスタに迫ったのはそんな一撃だった。

「……んなもん、避《よ》けられたらどうするんだよ」

かつて、そんなふうに訊《き》いたことがある。

あいつの神速の槍《やり》を避《よ》けられる奴はそういない。少なくとも俺には無理だ。俺よりちょっとくらい強い奴でもできないような気がする。もしそれを躱《かわ》せる奴がいたならば、その時点でかなりの腕前であるだろう。

ならば初手の乾坤一擲《けんこんいってき》を外したとき、そんな強敵に対してむざむざ無防備な体勢を晒《さら》すことになるのではないか、と。

「馬鹿をいうな。そこからが勝負だろうが」

答えもじつに明快だった。

自分の初撃に耐えうる者でなければ、そもそも一騎打ちに値する相手だとは認めない。ヒルシャーンはそう語ったのだ。

「たかだか一人の人間を倒すのに、必殺の突きが必要と思うか？」

「…………なるほど」

刃物で急所を突かれれば人間など簡単に死んでしまう。それは豪傑《ごうけつ》でももやしでも同じこと。急所を外しても深く刺されれば動けなくなるし、少なくとも鈍りはするのだ。この男の膂力《りょりょく》であれば人体など五分の力、三分の力でもやすやすと貫ける。全力などもともと必要ない。全力の一撃が届かない相手であるならば、全力でない一撃をくれてやればいいだけだ。

そして──。

「ぬうッ！」

ギリスティスを打ち倒したのはまぐれなどであるはずがない。ジンブラスタ将軍はやはり大国メンシアードが誇る勇者だった。ヒルシャーンの槍は大鉞《おおまさかり》によって阻まれ、頑丈な鎧《よろい》の表面をわずかにかすっただけにとどまった。

「くく、そうこなくてはな」

噛《か》みつくような笑みがこぼれた。基本にして奥義、全力の刺突が通じなかったことはこの男にとってむしろ僥倖《ぎょうこう》であったのかもしれない。将軍は攻撃を防いだだけでなく、流れるような動作で反撃を行い、それをヒルシャーンは紙一重で躱していた。

「舐《な》めるな！　小童《こわっぱ》が！」

「さて、俺の一撃は小童の一撃だったか？」

その短い会話の間にも互いの乗馬は目まぐるしく動き、得物は激しく交差させられていた。しかし、その間合いはジンブラスタのものであるようだった。

ヒルシャーンの初撃は全力であればこそ、それが不発であったときに体勢を悪くする。この場合、彼我《ひが》の距離が接近しすぎていた。

鉞はその重量ゆえにそれほどの攻撃速度を持たないが、円弧を描く動きは攻防一体。一撃の威力は槍よりも強い。より近い間合いでこそ性能を発揮する武器だといえるだろう。それが将軍の超人的腕力によって激しく振るわれる。

「野郎ッ！　新品の鎧を傷物にしやがって！」

そんな文句がぶつけられたように、斬撃は時折ヒルシャーンの具足をかすめた。大きな傷にはならないものの、体力と精神力を削り取っているようでもある。

「もっと離れろ！」

俺が言わずとも、するべきことは戦っている本人が一番理解していた。

だがジンブラスタがそうはさせない。馬同士を体当たりさせるように間合いを詰める。そうして『突き』を封じ、いわば殴り合いの状態に持ち込んでいるのだ。

十数合の刃が交わされたのち、ばつん、という音が響いた。

激しく弾《はじ》かれた槍《やり》。同時にヒルシャーンは体の均衡を失った。

「大きな口を叩《たた》いたわりにそんなものか！」

重なる怒号はジンブラスタがここを好機と見た証《あかし》だ。

必殺に近い斬撃をくらわす。決着となればそれでよし。たとえ間合いの優位を失うことになっても、引き換えに手傷くらいは与えられる。おそらくはそう判断したのだ。

「づあッ！」

振り下ろされた刃がヒルシャーンの兜《かぶと》に命中した。

——やばい！

いや違う。これは回避が間に合わないと判断し、頭で受け流したのだ。そのままふらりとよろめくように、両者の距離は少しだけ離れた。

「……俺はな、ちょっと前まで自分が世界で一番強いと思っていた」

いまだ残ったままの衝撃を逃がすかのように、ヒルシャーンがかぶりを振った。巨岩をも両断しうるかとも思える一撃だ。あれで力を受け流しきれるわけもなかった。

しかしジンブラスタが好機と考えたように、あいつもここを転機と捉えたのだ。

『俺に間合いをよこせ。傷のひとつくらいはくれてやる』と。

そうして両者の利害が一致したところで生まれたのがこの距離だった。

「だが、世界は広かったな。俺の知っている世界などほんのちっぽけなものにすぎなかった。それを教えてくれた兄弟には感謝している」

くくく、と自嘲気味に笑うヒルシャーン。

その額から一条、血の筋が流れた。

「貴様もそうだ。俺より強い男。かつての俺が知らなかった世界だ」

「なんだ、降参する気にでもなったのか」

「っは、馬鹿をいうな。勝負はここからだろうが！」

馬上にて両手を広げ、大きく槍を振り回す。

周囲にはいまだ燃える炎。穂先がその光を跳ね返し、迸《ほとばし》る闘気のように見えた。

「俺は俺より強い男を知った。だが！　俺より疾《はや》い男はまだ知らん！」

ヒルシャーンは悟っていた。一対一。おのれの力のみを恃《たの》みとすれば、自分はこの剛勇には及ばない、と。気位の高いあいつが素直にそれを呑《の》み込めたのは、過去において敗北の味を知っていたからだ。

ならば今回もむざと敗北するのか。

違う。あの時はおのれの流儀を封印していた。ティラガ・マグスが土をつけることができたのはただのヒルシャーンという男。

ここにいるのはそうではない。

遠く天蓋を越えた地にあって、近隣諸国を震え上がらせたウルズバールの騎馬隊。若くして頂点にあったのは一世の英傑《えいけつ》。今こそそれが持てるすべてを開放する刻《とき》だった。

「貴様は！　俺より疾《はや》い男を知っているか！」

あの無限にも思える広さを持つ大地において勇者の名を獲得するには、自分一個の力だけでは最初から足りないのだ。

「アーラライ！」

高らかな雄叫《おたけ》びと同じくして引かれる手綱《たづな》。

主人の意図を察した馬が左に大きく跳ね、そして右に跳んだ。

その時にはすでに相手の後方に回り込んでいた。

「らアッ！」

刺突の三連撃。ジンブラスタ将軍は身をよじってそれを躱《かわ》す。反撃しようとした時には、ヒルシャーンはすでにそこにはいなかった。

さらに側面からの連突。またさらに後方からの一撃。いると思った場所にはいない。いないと思ったところから攻撃が来る。その変幻自在を可能としたのは、この時点まで俺たちの世界にはなかった馬操の技術。

走る、回る、跳ねる、飛ぶ。ウルズバールの馬は乗り手の思うがままに動くのだ。

「ぬおッ！」

ジンブラスタが大鉞《おおまさかり》を横薙《よこな》ぎに振るった。相手がどこにいようが問題ない。そういう意図を持った攻撃範囲の広い斬撃。恐るべき速度だが、これは雑に過ぎた。

果たしてあいつはそれを上空に避ける者がいると想像したことがあっただろうか。

「がッ！」

稲妻のごとく、天から落ちてくるのは蹄《ひづめ》だった。

それを辛うじて避けたところで槍《やり》の一閃《いっせん》。これは兜《かぶと》を掠《かす》めた。

「すげえ」

思わず、芸のない感嘆が口をついて出た。

ただの猛攻ではない。速度。まさに速度。前後左右どころではなく、さらに上から。馬の蹴りまで使った攻撃はさすがの剛将をも翻弄する。

攻める。攻め続ける。息つく暇すら与えない。

いつしか手数は三十を超えたか、五十に達したか。決定打には至らぬものの、ヒルシャーン優位の態勢は確実に固まりつつあった。

「シャアッ！」

このままではいずれ押し切られる。将軍はそう思ったのだろう。おのれに迫る槍を無視して斬撃を合わせた。相打ち覚悟。互いに一撃ずつ。得物の重量で優る自分がより大きな打撃を与えられる。

「させるか！」

独りよがりは相手できん。と、ヒルシャーンは槍《やり》を引き、鉞《まさかり》を捌《さば》いた。

そうしてくるだろうという予想はあらかじめ頭にあったのかもしれない。この時繰り出したのが最初に放ったような全力であったなら、相打ちに付き合わされていた。しかし戦法を変えて以降、あいつは渾身《こんしん》の突きなど一度も出していなかった。

どれかが当たればそれでよし。

すべてがそんな意図しか持たない、いわば虚撃とでもいうべきものにすぎなかった。

そして、そのうちのひとつがついにジンブラスタの腹部に命中した。

これも狙いすました一撃ではなく、特別に力の入ったものでもなかった。いくつか放った突きのうちのひとつがたまたま防御の間を抜いただけ。

だが、勝利のために必要なものはただそれのみだった。

「ぐっ」

零《こぼ》れたのはわずかな呻《うめ》き。しかし、生まれた隙はそれよりも少し大きかった。

ヒルシャーンはさらに二撃を胴体に。今度こそそれは『当たる』という絶対の自信のもとに、満を持して打ち込まれたに違いなかった。

「うおおおおおーッ！」

吼《ほ》えた。将軍が吼えた。

やれる。俺はまだやれる。そんな闘志が込められた怒号だ。

しかし、この時すでにヒルシャーンは相手を見ていない。馬首を完全に翻して背を向け、俺のほうに寄せてくる姿勢になっていた。

——勝負あり、か。

人の意志の力ではどうにもできないものを断った。その手応《てごた》えをこいつが間違えるわけがないのだ。

直後、どさり、と将軍の大きな体が馬上から崩れ落ちた。

周囲から大きなどよめきと歓声が起こる。敵味方の誰もが自分たちの戦いを忘れ、この一戦の行方《ゆくえ》に釘付《くぎづ》けになっていた。

「どうして最初っからああしない」

せっかく勝ってくれたのに申し訳ないが、一応の苦言は呈させてもらう。

途中までは心臓に悪かった。頭からの出血は乾いていないし、漆黒の鎧《よろい》はあちこち傷だらけ。さっさと本気を出していればこんなふうにはなっていなかっただろう。

「馬鹿を言うな。あんなことをさせたら馬が保《も》たん」

もう無理はさせられん。という感じで地上に降り立つヒルシャーン。

硬い石畳の上で幾度となく繰り返された激しい跳躍。見れば馬のほうにも前足を気にするような様子があって、明らかにどこかを痛めている。あれ以上の酷使であればほんとうに潰れていたのかもしれない。

あの機動はある意味いちかばちか。それをした以上は急戦で片をつけなければならない、伸《の》るか反るかの奥の手であったのだ。

「それよりも兄弟、さっさと行け。やることがあるんだろうが」

「おう」

進路を閉ざしていた巨岩は崩れた。負傷したヒルシャーンに代わり、ここからはイルミナを供につける。

「…………そこにいるのはウィラード、か。見事にやられ、たな」

仰向《あおむ》けに倒れ込んだジンブラスタにはまだ息があった。

ただし十分な深手。こちらを見上げる顔にはすでに死相が浮かんでいる。

一度は完全にしてやられた。だが、その恨みはもうない。

いや、恨んでいたというのも違うだろう。怒りの矛先は自分たちの力不足にこそ向けられていた。それがなくなれば、この男に対しては将器、人物への尊敬だけが残っていた。

「ああ、俺たちの勝ちだ」

「…………まだ大将軍閣下がおられる」

「それをこれから捕まえる。残念だが、あのお姫さんはとっくに俺の策にハマってる。あんたが先に行かせた時点で詰みだ」

俺の言っていることが真実かどうか、この男に確認する時間は残されていない。それは本人にもわかっていた。

「……頼む」

「俺たちゃ敵同士だ。頼まれるようなことはねえだろ」

「それでも、頼む………」

――なにを期待してやがる。

そんなふうにも思うのだが、俺は知っていた。

おそらく自分は死にゆくジンブラスタが望んだとおりの行動をするのだろう、と。

# 第八十三話　十年前の真実

——待ってろよ。

先に行ったエルメラインを追いかける。

少々時間を取られてしまったが、これくらいは作戦の範囲内だ。このまま逃げ切られるとは考えていなかった。

あの女は生まれ育った庭にでも飛び込んだつもりかもしれないが、然《さ》にあらず。そこはすでに知った姿をしていない、火炎渦巻く地獄の一丁目。広い道を進めばその先は袋小路。かといって狭い道だけを選んでも絶対に行き止まりにつきあたる。

構造はちゃんと自分の頭の中に入れてある。あいつが奇跡的な幸運で正しい進路を引き当てない限り、必ず追いつくことができるのだ。

途中、大将軍の護衛についていた兵士が道端に転がっていた。まさしく連中がここを通った証《あかし》。近くでは乗り手を失った馬が暴れていた。

「ウィラード兄貴！　あいつらむこうへ行った！」

「はいよ！　そっちも火に巻かれんなよ！」

その場を通過しながらメフラールの報告を受ける。

町の要所要所に弓の達者な奴を伏せていたのだ。さっきの落し物はその成果。

彼らの目的はエルメラインの道行きを妨害することではない。側面や背後から射かけて護衛の人数だけ減らす。それだけでよかった。

ただひとつ、厳命していたのは――。

『女だけは絶対に狙うな。ほっといて先に行かせろ』

理屈の上ではエルメラインを討ち取ればこちら側の勝利のはず。それには矛盾する。

だが、ここであの女に死んでもらうわけには絶対にいかなかった。

むろん、それにはちゃんとしたいくつかの理由がある――。


すべてはあの怪しすぎる黒覆面が現れたことに端を発している。

男を執務室に招き入れたあと、ここまで案内してきたティラガには周囲の人払いを頼んだ。完全に一対一。この場での会話は誰にも聞かれることはない。

「そちらにお座りください」

ためしに上座を譲ってみたが、男は礼儀正しくそれを固辞した。その態度だけでもただの傭兵《ようへい》とは思えなかった。

重ねて強いたりもせず、もとの位置関係で着座する。そうして最初に投げかけたのが、

「来るところをお間違えではないでしょうか？」

そういう質問だった。

冗談ではない。この覆面の正体が自分の思ったとおりの人物であるとすれば、属するべきとこ

ろは俺たちの陣営ではないはずだ。

「いや、こちらで合っている」

「ならばここへ来た目的をお聞かせいただいてもよろしいですか？」

「むろん、報酬」

傭兵《ようへい》にあるまじきご立派な身なり、態度をしているくせにあくまで金銭めあて。そのような戯言《ざれごと》、額面通りに受け取れるわけがない。

「……であれば、規定の金額を今すぐにお支払いいたします。どうぞこのままお引き取りください」

これで欣喜雀躍《きんきじゃくやく》して帰られようものなら、俺はとんでもない早とちりの恥さらしだったということになる。だが、覆面は沈黙したままそれでよしとはしなかった。

「ほんとうの理由をお聞かせ願えますか？」

「………それは、言えぬ」

「傭兵の採用について最終的な権限は私にあります。もし答えられないというのなら、やはりこちらから退去していただくことになりますが」

「…………………」

ここもまた明確な返答はされない。

ならばと少し話の方向性を変えてみる。

「ひとまずその被《かぶ》り物を取っていただくことはできますか？」

「それもできぬ」

「ゆえあってこの立場にありますが、私はもともと他国の人間。そこからどのような顔が現れたとて、それが誰であるのか自分に知るすべはありません」

覆面はしばらく考えるそぶりをしたあと、自らの頭を覆う布に手をかけた。

まず目を惹《ひ》いたのは燃えるような赤毛だった。その色合いは最近出会ったある女のことを否《いや》が応でも思い出させた。

息苦しさから解放されたように男は大きく深呼吸をする。その形貌は当然自分の見知ったものではない。

――ま、少なくとも年恰好《としかっこう》だけは予想通りか。

立派な頬髯《ほおひげ》をたくわえた五十代半ばの精悍《せいかん》な顔。それが明らかになったところで、これまであった威風は衰えない。むしろ増したようにも思える。

見覚えは当然にない。だが、誰か知った男に少し似ているようにも見えた。

「……この顔を知らぬというのは本当のようだな」

「田舎者《いなかもの》ゆえ」

「しかし私が誰だかは予想がついている、と」

はい、と小さく頷《うなず》く。

「………こうなればもはや隠すのも野暮というもの。十年前まではエイブラッドと名乗っていた。その意味は――」

「わかります。先の大将軍、王太子殿下エイブラッド公でいらっしゃいますね」

「その通りだ」

ほんのひと月ほど前、俺たちはこの人物の後継を騙《かた》ってこの国を荒らしまわった。

その時はとっくに過去の人物だと認識していたわけで、まさか実際に対面することになるとは思ってもいなかった。

むろんこの人物が正真正銘本物のエイブラッド公であるとの確証はない。しかし誰が好きこのんでそんな面倒な騙りをするものか。名乗りは真実であるとの確信があった。

であればこそ、傭兵《ようへい》に交じりこちら側に参じた理由に皆目見当がつかない。

この人は実の娘であるエルメライン殿下の元にこそ駆けつけ、軍の先頭にあるべきではないのか。再び大将軍を僭称《せんしょう》したところで誰も文句など言わないはずだ。そうしてかつて奪われた王座を取り戻す。そういう筋書きこそが正しいのではないのか。

「そうではありませんか？」

「ありえん、な」

「どうしてですか？」

「…………」

この親父《おやじ》にも言いたくても言えないことがある。それは理解できる。

しかし、絶対に隠し通したいわけでもない。できればすべてを語り、こちらの協力を取りつけたいと考えているはずだ。そうでなければ天下の謀反人《むほんにん》、お尋ね者が危険を冒してこんな場所に

現れるはずがない。

問題となるのはただ一点。今初めて会ったばかりの、どこの誰とも知れない若僧など信用されるはずもないということだ。

こちらの心胆を測ろうとしている。

それこそ食いカスがいつまでも奥歯に挟まったように、話がなかなか前に進まない原因だった。

――んじゃ、無理やりにでも肚《はら》を割ってもらおうじゃねえか。

そのためには――。

「失礼いたします」

言いながら、腰の剣を抜き放った。脅してなにかを喋《しゃべ》らせようというのではない。チャチな脅しごときに屈するようなタマでもないだろう。

自分がしたのは、それを捧げ持つように公の眼前に差し出すことだった。

「それは――」

「もちろんご存じのはず」

「……忘れられるわけもない」

大将軍が持つべき護国の宝刀。かつてこの人物が佩《は》いていたものだ。

「ゆえあって私の腰にありますが、これを今だけの間、お預けいたします。私のことを信用できぬとあれば、どうぞお手打ちになさっていただいて結構です」

駆け引きナシ。俺にできる最大限の譲歩だ。

洗いざらいをぶちまけてもらう。そのかわり、ここへ来た目的についてはできる限りの協力はする。その証《あかし》を立てるならば、命を担保にするくらいは必要だろう。

「……どうぞ、お持ちください」

だからここで差し出してみせたのは、剣の形をした、俺の覚悟だった。

この亡霊が抱えているのはこの国の秘密《メシアード》か暗部か、どうせそのようなもの。一国の大事であるから本来は俺の首ひとつで釣り合うようなものではない。

ただ、おっさん自身ものっぴきならない事情があってここに来ている。足元を見るようで申し訳ないがこの取引、応じてもらってもいいはずだ。

「…………」

エイブラッド公はゆっくりと懐かしむように、今は自分のものではない剣を手にした。

「私がここへ来た理由、だったな」

「はい」

「それは私にも、娘であるエルメラインにも、王となる資格がないからだ」

「──え？」

「先王陛下。父は私がこの手で弑《しい》した」

どわ、と椅子から転げ落ちそうになる。

それは予想もしない告白だった。

この人物は弑逆《しいぎゃく》の濡《ぬ》れ衣《ぎぬ》を着せられて王宮を追われた。エルメラインたちがそう信じていたように、俺自身もそれが真相ではないかと思っていたからだ。しかし、誰にも信じられていない公式見解こそが事実である、と。それがまさに張本人の口から語られたのだ。

「私と弟……、これは今の国王陛下のことだが、われわれ兄弟は先王《ちち》に疎まれていたのだよ」

「実の親子なのにですか？」

「親子、か。父はそう思ってはいなかったようだがな」

重い沈黙は気持ちを整えるための時間だったのだろう。

そしてエイブラッド公はさらなる秘密を打ち明けてきた。

「ここからはこの国にとってひどく恥になる話だ。他言無用に願えるか」

「……誓わせていただきます」

「父は私たちの母、王妃の不義密通を疑っていた」

それならばただの浮気だ。恥は恥だが世間ではありふれたものでもある。

しかし、ここからまだ続きがあった。

「私たち兄弟は父ではなくその父、先々代の王《おじいさま》の子だとな」

前の前の王は息子の嫁に手をつけた。あるいは順番が逆なのかもしれない。自らの愛人を息子の嫁にとあてがった。どちらにせよそれが事実であるとすれば、汚らわしい醜聞《スキャンダル》であることに間違いはない。

「それは――」

「私の生まれる前の話だ。真偽のほどはわからぬ。だが、父はそう信じていた」

その口調からは、疎まれていた、では到底収まらないほどの憎悪《ぞうお》が向けられていたことがありありと伝わってきた。

「先々代《おじいさま》は近隣諸国でも剛腕との評判だったし、私の目から見てもそうだった。新しい政策を次々と打ち出しては成功させ、また多くの失敗も残した」

それは文官が強い力を持つこの国《メンシアード》にしては珍しい種類の君主だったのだろうし、扱いにくい王でもあったのだろう。

「ゆえに早くに王位を譲って隠居の身になった。ただそれは表向きのこと。隠然たる力はずっと保持していた」

院政という言葉が頭をよぎる。

王であっても立場、権限は法によって縛られる。それを嫌って傀儡《かいらい》を立て、自らは制度の外側に身を置いた。そんな想像をしてしまう。

この国でもかつて、そういう権力の綱引きが行われていたのだろう。

「私は嫡男であるゆえ王太子に立てられるのは当然だったとしても、それが成年にもならぬ時期であったのは先々代の意向だったのは間違いない。実質的には後見だったのだな」

それが政治的な思惑によるものなのか、単なる孫贔屓《まごびいき》、あるいは年少の実子贔屓であったのか、今となっては誰にもわからない。

「状況が変わったのはお祖父様《じいさま》の死後。いや、その後を追うようにして私の母が亡くなった後だな。それまで陰に隠れるようにしていた父王は私の廃嫡を画策し始めた」

先々代はなみいる文官をむこうに回して渡りあうほどの傑物《けつぶつ》だ。家庭では完全なる独裁者だった。その箍《たが》が外れたあとに残ったものは――。

「むろん当時の私にそれらの事情など知る由もない。父から愛されていないのはわかっていたが、憎まれる理由には心当たりがなかった。生来の武骨者ゆえ、一国の王としてうまくやれる自信はなかったにせよ、それでもいずれ王とならなければならぬ。そう思って幼少の頃より生きてきた」

その梯子《はしご》がどうして外されようとしているのか、エイブラッド公にはまったく理解できなかった。

些細《ささい》な落ち度が取り沙汰《ざた》される。初めはその程度のことだった。

末端の部下の不祥事について責任を問われる。身に覚えのない不祥事で査問を受ける。そういった状況が数年続いた。

しかし公とて怠惰でも無能でもない。主たる支持基盤である軍部は政治的に傍流にすぎないが、その結束は強固だ。牽強付会《けんきょうふかい》の理屈では文官たちの賛同も得られず、後継者失格の烙印《らくいん》を押されるには至らなかった。

「やがて刺客、のようなものが送られるようになっていた」

「それほどまで――」

「ただ、確たるものはまでは掴《つか》めなかった」

ゆえに手をこまねいていることしかできなかった。とエイブラッド公は続けた。

それに暗殺計画の黒幕が国王本人であるのなら、たとえ証拠《しょうこ》があったとして追及するのにも限度があっただろう。

しかし、ここにひとつ疑問が残る。

「御身を亡き者にされたとて、まだ弟君がいらっしゃいます。であればそれほど意味があるようには思えませんが」

「うむ。どうも我々の知らぬところにさらに下の弟がいるようだった」

先代国王は密かに、確実に実子だと信じられる息子をもうけていた。王位はそちらに譲りたい。であれば、ゆくゆくは今の国王陛下も命を狙われていたということだ。

「………決定的な破局は、妻と息子を失ったことだ」

ある日、公務から帰宅したエイブラッド公は、家令より自らの妻と八歳になる息子が倒れたことを告げられる。看病の甲斐《かい》なく数日ののちに相次いで両名は死亡。王家の医師は死因を私邸内での食中毒と断定した。

「誰がそのようなことを信じるものか。父との確執を家に持ち込まぬようにしていたのが災いした。わが妻は王家から下賜された品を疑うことなく食卓に並べたのだ。自分と娘だけが助かったのは偶然だ」

もともとは一家揃《そろ》って食事をする予定だったらしい。

もう少女とは呼べないような年齢になってもエルメラインはお転婆《てんば》が治っていなかった。その日も父について軍の演習を見物に行っていた。帰路において馬車の車輪が壊れ、修理に時間がかかった。そのため屋敷に辿《たど》り着くのが遅くなってしまったのだ。

それが父娘《おやこ》をして難を逃れさせた理由だった。

「今思えば刺客《しかく》は囮《おとり》だったのだろうな。本命は私を家族もろとも葬ること。ま、当然だ。私だけが死んだところで、後継は二人も残るのだからな」

悲嘆にくれるエイブラッド公。葬儀が終わったあとに訪れたのは強烈な怒りだった。

証拠《しょうこ》も証人もなにもない。ただ自らの感情のままに、父王に対し直談判《じかだんぱん》に赴いた。

時刻は夜遅く。王の屋敷の使用人たちは当初取り次ぎを拒んだ。いかに親子といえど王と臣下。しかも予告もない突然の来訪だ。

むろん来客のほうも簡単には引き下がらない。打ちのめされた精神には引き下がれるような余裕もなかった。

自然、実力行使をも辞さない構えの押し問答になる。

相手は武人としても名高い大将軍。それがとてつもない怒気を発している。身の危険を感じた使用人たちはあとで怒られることを覚悟しながら、自らの主人に判断を仰《あお》いだ。

「………その時はもう、父も狂われておったのだ。面会をあえて許可した理由は、私が苦しんでいる顔を見てみたい。そのような思いだったのかもしれん」

密謀が結実しないまま数年。鬱屈《うっくつ》を抱えていた期間はそれよりもはるかに長い。人が妄執によって壊れるための条件は整っていた。

「自分が父の子ではないというのはその場ではっきりと聞いた。父の心情は理解したが、かといって自分には何の責もないこと。ましてや妻や幼い息子が犠牲にされなければならぬ云《い》われなどない」

まったくその通りだ。

先代の王は卑怯者だった。挑むべき相手に挑むことをせず、復讐《ふくしゅう》すべき相手を間違った。それが破滅の原因となった。

「その後互いにどのように罵り合い、感情をぶつけあったか、しかとは覚えていない。気づけば私は父の首を絞めていた」

エイブラッド公は見るからに豪傑《ごうけつ》だ。十年前ならまさに全盛期。我を忘れたような力で締め付けられたとあっては、老境の皺首《しわくび》など簡単にへし折れただろう。

あるいは王自身も、生きることに疲れていたのかもしれない。

「その現場に最初に駆けつけたのが、仲裁のつもりで来た弟であったことが幸いした。あやつも父には愛されてはおらんかったが、うまい具合に躱《かわ》してそれなりにやっていた」

深夜の怒鳴り合いはただの喧嘩《けんか》では収まりそうにない。

事件が起きることを恐れた使用人たちだが、自分たちが割って入るには身分が違いすぎる。そこで近くに居を構える第二王子に応援を依頼したのだ。

だがその判断は時宜を逸した。王の私室はすでに決定的な殺人現場となっていた。

「わが身はもはやこれまでと観念した」

父殺しで、王殺し。法をどのように解釈しても死罪以外にありえない。心残りはただひとつ。

残される娘のこと。

大逆罪は身内をも連座する。本人になんら落ち度はなかったとしても、直系の血族である以上無関係ではいられない。その行く末は主犯と同じく死罪となるか、罪一等を減じられたところで生涯幽閉の身となるだけだ。

「しかし、あやつはこう言ってくれたのだ。『逃げてください。姪御《エルメライン》のことも自分がなんとかします』とな」

それが、先の王太子出奔事件の真実だった。

決断を渋るエイブラッド公に対し、第二王子はこうも言った。

『兄上、私を思い切り殴っていただけますか』

腕ずくのことでは兄に敵《かな》わない。暴力を振るわれてあえなく気絶した。そうして時間稼ぎを図る。周囲に対しては、これがその傷跡だ、と証拠《しょうこ》にするつもりだったのだ。

『これが今生の別れかもしれません。どうぞご遠慮なく打擲《ちょうちゃく》くださいますよう。その痛みを兄上との一生の思い出といたします』

「…………私はそれに甘えるしかなかった」

かつて自分が抱いた疑問。どうしてエルメラインは大罪人の子でありながら、いまだ王族として遇されているのか。その答えが示された。つまり犯人が捕まっていない以上、事件はいまだ未解決となっているのだ。事件の全容が固まっていないのだから、身内が連座の処罰を受けることはない。

そして迷宮入りになるように仕向けたのが、今の国王であったということだ。

「弟は我ら父娘《おやこ》を助けると同時に、『王位を奪うために父と兄を陥れた』という汚名まで被《かぶ》ってくれた。そのことには感謝しかない」

だからどれほど歓迎されたところでエイブラッド公は古巣である軍に身を投じるわけにはいかない。それは最大限に便宜を図ってくれた弟に対する裏切りに他ならないからだ。

同時に表立ってエルメラインを止めることもできない。公《おおやけ》に身を晒《さら》せば国は体面上無視するわけにもいかず、捕縛そして裁判へと事態が進む。両名ともに重い刑が科せられることに間違いない。

「ゆえに誰にも知られぬよう、密かに娘《エルメライン》と接触したい」

自らが説得する。そうすれば娘は退《ひ》くだろう。

それが、いかにも怪しい黒覆面が舞台に登場した目的だった。

――いやがった。

視界の先に赤い騎影を捉えたのは用意した迷路の終点付近だった。十分に余裕を持っていたつもりだが、けっこうきわどいところまで迫られていたようだ。

だが、それもここまでだ。

伏兵の連中が護衛の数をうまいこと減らしてくれている。大将軍の周りにいるのはあともう一人しか残っていない。

細工は流々《りゅうりゅう》。これで仕上げを仕損じるわけにはいかない。

「挟むぞ！」

エルメラインのさらにそのむこう、出口にむかって声をかけた。そこに火の気はないものの、柵で塞がっている。越えるには馬を乗り捨てるしかない。

黒覆面が立っていたのはまさにその場所、どんづまりだ。

万全を期すなら、ここになるべく多くの人員を置いておくべきだっただろう。だが今回は事情が事情。秘密を知る人間は少なくあってもらわないと困る。だから覆面以外にはあと一人がいるだけだった。

こっちは俺とイルミナ。四人で二騎を挟み撃ちの態勢。

その中央でエルメラインらが立ち止まった。

「山猫の……」

「降伏しろ。ここまでだ」

ゆっくりと距離を詰める。あいつらが進行方向に強行突破しようとするのは時間がかかる。警戒しなければならないのは俺たちのほうに反転し、もと来た道を逆走されること。そうなればまた面倒なことになる。

「できるわけがないだろう！　われわれがここに来るまでにどれだけの辛抱をし、どれだけの犠牲を払ったのかわかっているのか！」

「知るか！　んなもん永久に辛抱してりゃよかっただろうが！　そしたら犠牲なんか払わなくても済んだんだ！」

「ふざけるな！　部外者のおまえなんかに何がわかる！」

実のところ、長々と問答なんかしたくない。時間をかければ城外の敵軍が押し寄せてくるのだ。エルメラインもそこはわかっているだろう。こうして興奮しながらも時間稼ぎの計算をしているに違いない。

こちらの隙を窺《うかが》い、護衛の奴と二人揃《そろ》って俺に突撃を仕掛ける。そのあたりが次なる選択肢として有力のはず。

「いや、そっちの苦労なんかわかんねえけどよ――」

女である大将軍閣下はともかく、隣にいる奴はなかなか強そうだ。

こっちに来られるのは困る。たぶん困る。

「だがよ、エルメの姉ちゃん。あんたのやってきた苦労。その半分くらいなら返してやれるかもしれねえぜ？」

「え…………」

嘘《うそ》を言ったつもりはないが、むこうは俺の言葉の意図を測りかねた。こいつははたしてなにを言っているのか、と。エルメラインが周囲に対して払っていた注意が、ここで少しばかり疎《おろそ》かになっていた。

その時だ。

近くで燃えていた建物。いや、あれは張りぼての部分だったか。とにかくその一部が崩れたのだ。火に包まれた柱。落ちかかるのはエルメラインが立つ、まさにその地点。

「危ないっ！」

そう叫んだのは自分だったか、護衛の男だったか、それとも――。

「うおおおおーッ！」

真っ先に駆け付けたのは黒覆面だった。

馬上のエルメラインに対し、飛び上がって体当たりをする。二人はもつれあって落馬し、そのまま石畳の上を転がった。

次の瞬間、その場所には炎の塊が落ちてきていた。

ごう、と火の粉が舞い上がる。そして俺たちの視界は煙で閉ざされた。

「あいつらは――」

「あそこです」

イルミナが炎のむこうにある影を指さした。どちらも動いている。怪我《けが》くらいならあってもなくてもどうでもいい。少なくとも死んではいない。そこだけが重要だ。

――やった！

これが、自分たちの勝利を確信した瞬間だった。

この時、黒覆面はもう黒覆面でなくなっている。偽りの仮面を自ら引きはがし、その素顔を腕の中にいる人物に対して見せつけていた。

「お、父さま……、なのですか………」

十年越しの親子の対面。

これで親父《おやじ》の説得に娘が従えばすべて一件落着。というわけにはいかなかった。

　感動の再会のすぐ横で、なぜか剣戟《けんげき》が始まっていたのだ。

　エルメラインに迫った人影はひとつではなかった。エイブラッド公が娘を救いに走ったのは当然のこととして、ならばもうひとつは――。

「おらァッ！」

　双剣の武者バドラス。襲いかかったのは大将軍の傍らにあった士官に対してだった。

「貴様！　なぜだッ！」

　その疑問は笑えるくらいにもっともだ。偵察隊を率いていた無精髭《ぶしょうひげ》は戦いが始まって早々に退場した。送り出した軍からすれば『おまえもうちょっと働けよ』と言いたくなるくらいの尊い犠牲だったはず。それがこうして裏切りとしか思えない形で再登場を果たしたのだから。

「てめえの胸に聞いてみやがれ！」

　聞く耳を持たないバドラス。この男にもそれをなすべき理由があって、俺自身も承知した上での行動だった。

「ふえっ！　あなたは！　あなた様は！」

　数日前、あいつを密かにエイブラッド公と引き合わせている。

　そのときの腰を抜かさんばかりの驚きようはなかなか見ものだった。

　とはいえ、それも無理ないこと。メンシアードの人間にとってエイブラッド公はとっくに過去の象徴だった。行方《ゆくえ》不明、生死不明とはされていても、誰もが闇に葬られたものと信じて疑っていなかった。

それに十年前であればバドラスも部隊長の身分ではなく、ようやく新兵とは呼ばれなくなった頃だ。その時のこいつにとって大将軍はまさに雲の上の人であり、同時に憧れでもあったはずだ。

「たしかバドラス君、だったかな？　以前に練兵でいい動きをしていたのを覚えている」

「はいっ！　はいそうです！　か、閣下の軍の末席を汚しております、ツバル・バドラスと申します！」

かつて遠く仰《あお》ぎ見た存在が、小物に過ぎなかった自分の名を知っていた。その思いもよらぬ光栄にこの男はいたく感激した。結果――。

「私がどうして恥を晒《さら》しに舞い戻ったか、多くは語れん」

「はい！　聞きません！」

「それでも、どうしても頼みたいことがあるのだ」

「自分にできることならなんでもやります！　できないことでも命懸けでやり遂げます！」

とくに催促もしないのにそんな宣言まで飛び出している。

俺が前にしてやった予言。それがめでたく成就したことになるが、こうもうまくいきすぎると張り合いがない。

『娘《エルメライン》になにかを吹き込んだ者がいるはずだ』

それがエイブラッド公の見解だった。

自分にも異論はない。軍中に燻《くすぶ》っていた不満を焚《た》きつけ、増幅させる。一定の方向性を持たせ

る。あの直情的なエルメラインにやれそうな芸当ではない。あいつはどこまでも旗印であって、今回の反乱はどこかに扇動者《アジテーター》がいる。そう睨《にら》んでいた。

ただ、その目的はあくまで文官支配への反抗だとも思っていたのだ。

「いや、たとえ我が娘に王都を制圧することができたとして、そのまま無事に王位に就けるとは限らん」

「どうしてですか？」

「蘇《よみがえ》った亡霊は、私だけではないということだ」

反乱が成功したかと思われた段階で首謀者を討つ。その手柄でもって王位に名乗りをあげる。むしろそのためにこそ、この乱は引き起こされたのではないか。とエイブラッド公は語った。

一体誰が、という疑問には仮の答えがひとつある。

『先王の隠し子』だ。

これなら亡霊と呼ぶにふさわしい。ただ、今までの話によると、その人物は十年前には一度たりとも姿を現してはいない。あくまでも先王がそう口にしただけだ。

「そのような人物がほんとうにいるのですか？」

「いや。いる。それが誰か、まではわからぬが」

エイブラッド公はちらりと王宮のある方角に目をやった。

——なるほど。

今の動作で多少の察しはついた。

この人は潜伏中も極秘に現国王と連絡を取っていたのだ。先王の隠し子という謎の人物について国王のほうでも調査し、少なくともそれが嘘《うそ》ではない、というところまでは掴《つか》んでいるのではないか。そんな気がする。

とはいえこのへんの事情はバドラスのおっさんの前で語るのは憚《はばか》られる。

いくら全面的に協力者になってくれたとはいえ、現国王がエイブラッド公出奔の共犯者であるということまでは知られるわけにいかないのだ。

「とにかく、このままではわが娘は遠からず殺されることになる」

力で堂々と打ち倒すのは不可能。ならば用いられる手段は暗殺だ。

背中に刃を受けるのか、それとも十年前に飲みそこなった毒を再び盛られるのか。そうであれば、刺客《しかく》はエルメラインが味方だと信じる者の中に潜んでいる。

「それらを排除せねばならん。娘のことのみならず、この国のためにもな」

扇動者、刺客、そして陰謀の主。それぞれは同一人物なのか、それとも複数人の協力者がいるのか——。

……んなもん、どれひとつたりともわかるわきゃねえだろ。

これを聞かされた当初はそのように考えていた。

そもそもこっちはそのエルメラインと対立しているのだ。現在の軍の内情に詳しく、かつ信用のおける人間。そんなものの心当たりなどあるわけがない。しかし——。

「あんたなら、それが誰だかわかかんじゃねえの？」

都合のいい奴。いるところにはいるものだ。

俺がバドラスに期待したのはその役割だった。


「あいつだ。あいつしかいねえ」

俺の質問に対し、バドラスはほとんど考えることなく断言した。

その上級士官は軍中から文官たちを追い出したあと、補給や物資、軍資金の管理を取り仕切っていたらしい。それができるからこそ、今回の乱は実行できたともいえる。

「くたばりやがれえッ！」

双剣による連撃がくだんの士官を襲った。

ごろつき四人をわずか一呼吸で葬った剣技だ。並の腕では勝負にならない。

……つっても、ブッ殺しちゃってくれるのはマズいんだよな。

そいつは貴重な情報源になるかもしれない。五体満足でなくてもせめて喋《しゃべ》れるくらいには生かしておいてほしいのだ。しかし——。

「この馬鹿めが！」

心配は杞憂《きゆう》だった。

味方に刃を向けられる覚えはない。そんな動揺は瞬時に振り払ったらしい。抜き合わされた剣はバドラスの斬撃を阻み、二刀は標的の体のどこにも届かなかった。

ぎゅっと引き締まったような長身の男。年齢は四十に届くかどうか。

それがフレズ・ザンドロワ。メンシアード軍随一の知性派と呼ばれた男だった。

「あの野郎、いつの間にか姫様の側近みたいになってやがってよ」

エルメラインが大将軍に就任するまでザンドロワとは同格の士官だった。おっさんのほうが五つほど年下なので、昇進速度でいえばこっちのほうが上回っている。

それが特段の成功も、また失敗もないまま扱いに差がついていた。

「……そりゃ、あんたがそいつのこと嫌いなだけなんじゃないの？」

「ちがう。絶対にあいつだ」

メンシアード軍も上から下まで猪《いのしし》ばかりではない。

『戦わずして王都を屈服させる』

その方針は最初から議論されてきた。

だが、ザンドロワはあくまで武力による王宮制圧を主張した。

単に交渉をしたところで、弁舌においてわれわれ軍人は文官どもに歯が立たない。結局はごまかされるだけになるだろう。少なくとも一度はこちらの本気、そして実力を見せつけておくべきだ、と。

「しかもな、あいつ声高に言うんじゃねえんだよ。反対意見をひとつずつ丁寧に潰して、気づいたらそれしか方法がないみたいに誘導してやがるんだ」

「いや、俺はあんたがそんな上のほうの話し合いに参加してたってのが意外だ」

「……あのな」

偵察部隊はガキの使いではない。その隊長には腕も立って機転も利く、それなりの士官が充てられるのが当然だ。普通に考えたらこのおっさんだって軍中での地位が低いはずがないのだが、そこはそれ、開幕早々ガキの使いのようなヘマをやらかしたのが低評価に繋《つな》がっている。

「…………」

その間、エイブラッド公は首をひねるようにして沈黙していた。

「どうしました？」

「いや……、フレズ・ザンドロワか。どうも記憶にない名前だと思ってな。大将軍を拝命して以来、部下の顔と名前はなるべく覚えるようにしていたのだが」

将軍という立場はいつ部下に死ねと命じることになるかわからない。せめてその相手のことは日頃から心に刻み込んでおくべきであろう、と。実に立派な心掛けだ。

それゆえに当時は木っ端《こば》同然のバドラスのことまで覚えていた。であれば、それより年長で地位も上だっただろうザンドロワを知らないのは奇妙な話だ。

「いえ、閣下がご存じないのも仕方ないかもしれません」

その疑問にはバドラスが説明を加えた。

「あいつが軍に戻ってきたのは閣下が、その、いなくなられた後ですから」

「戻ってきた？」

「はい、それまでは長く先代陛下の護衛の任にありました」

「なるほど、あの男か………」

父王の傍らに侍《はべ》るその姿に心当たりがあったのだろう。だが、軍に籍はあるものの、自らの部下としては接していない。それゆえに名前までは知る機会がなかったのだ。

そして、そこに重要な情報が含まれていた。

「……む」

「……え？」

ここで俺とエイブラッド公の声が重なった。

浮かび上がってきたのはひとつの線。

ザンドロワは先代国王と浅からぬ縁があったのだ。もしも重用されていたのであれば、秘密とされている隠し子とやらのことも打ち明けられているのかもしれない。いや、そこまでいけば共謀関係である可能性も十分にある。

……ならそいつをブッ倒して、何かを吐かせてみる価値はあるな。

ということで俺たちの方針は固まった。これがまったくの見当違いであったところでやって損にはならない。

最悪でも敵が一人減ることになるのだから。

しかし、それがそう簡単でもないようだった。

「おい！　コラ！　さっさと！　観念！　しやがれ！　ってんだ！」

「そんな！　なまくらで！　俺が！　くたばると！　でも！　思ったか！」

長短二刀。単純に倍の手数であるはずが、すべて縦横に閃《ひらめ》く長剣によって阻まれた。

ザンドロワは口がうまいだけのひ弱な陰謀家などではなかった。いや、ひ弱なんかであるはずがない。なにしろ国王の身辺警護にまで選ばれるほどだ。国で上から何番目、そう数えられる程度の豪傑《ごうけつ》でなければ務まらない。

対するバドラスといえばこれも十番、いや五番以内には入ってもおかしくない腕前だ。そこから順位を伸ばせるのか、ザンドロワに及ぶのか、俺の眼力では判断がつかない。

――互角、か。

いや、奇襲を受けてなお拮抗《きっこう》するのなら、より優位にあるのは――。

「死ね！　クソ！」

「死ぬか！　ボケ！」

どうにも真剣味が削《そ》がれる。

達人同士の死合いのはずが、時おり発される語彙がまるでチンピラの喧嘩《けんか》だ。

「貴様のことは前々から気に入らんかった！　いつもいつもサボるわ命令には従わんわ！」

「んなもんてめえにゃ言われる筋合いねえっての！　大して手柄もねえくせに威張りくさりやがってよ！」

「今回もいつまでも戻ってこんと思えば、まさか文官どもに寝返っていたとは！」

「ざけんな！　てめえなんか最初っから裏切り者だろうが！」

「何のことだ！　わけのわからんことをぬかすな！」

「るせえ！　さっさとブッ倒されろ！　そのイヤミ面も見納めだ！」

それぞれ私情が挟まっていることを隠す気もないらしい。ちょうどいい機会だからどちらが上か下か、白黒はっきりつけてやる。とまあそんな具合だ。

だが、剣筋そのものに一切の妥協はない。

全力で攻め、全力で守る。わずかの隙があればそこから攻守が逆転する。

「…………ぬ」

正直、誤算だった。

本来こんな一騎打ちは俺にとってなんの値打ちもない。さっさと加勢して勝負を決めたいところではあるのだ。しかしこれはどうやら部外者が水を差してはならない、男同士の勝負になってしまっていた。

ここでバドラスが負ければ、俺一人ではあいつを倒せない。それでは困るのだ。

――ええい。

あとで文句を言われるのは無視しよう。そう決断したのと同時に戦況が動いた。

「んが！」

「っふ！」

両者が同時に跳びすさって息継ぎをした。その直前だった。互いの得物ががっきと打ち合わされた時、なにかおかしな感じが俺のほうにまで伝わってきていた。

『まずい』

という顔になったのはバドラス。

何らかの確信を得たのはザンドロワ。直後、大きく息を吸い込み、

「おんどりゃあ！」

という猿叫《えんきょう》とともに渾身《こんしん》の打ち込みが行われた。

「しゃらくせえわ！」

短剣で受け止めるバドラス。そこで先ほどの違和感の正体が知れた。

その幅広で肉厚、頑丈であったはずの短剣が無残にも砕け散ったのだ。それまでの剣戟《けんげき》で亀裂《きれつ》が生まれていたことは明白だった。

片羽を喪《うしな》えば猛禽《もうきん》も舞い上がることはできない。まさに絶体絶命。

これが決着となるのか、両者の体がもつれるように交差する――。

「…………ぐ」

と倒れたのはザンドロワだった。

双剣の、いやもはや双剣ではなくなった武者が振り返り、見下ろすように立っている。

それは存分に斬り果たしたが油断はしていない、残心の形だった。斬られたほうは十分に深手。

生きてはいるが立ち上がることはできない。

「今の、どうなったんだよ？」

勝敗の定まった地点に駆け寄った。

「…………女房が助けてくれた」

バドラスはそう言って柄《つか》だけになった短剣を拾い上げた。

最後の強烈な打ち込みに対し、受け流す方法もあっただろう。しかしそれは斬撃の用をなさなくなった剣が手元に残り、不利が長引くだけ。であればこの男はわざと短剣が砕けるように、砕かせるために受け止めたのだ。

飛び散ったかけらのひとつが眼《め》の付近をかすめ、ザンドロワは無意識に顔を背けた。

それはごくわずかの隙だ。流れの中であればつけこめるような余地ではなかっただろう。しかしバドラスはその隙が生まれることをあらかじめ期待していた。そうであればこそ、絶対の勝機に変えることが可能だったのだ。

「んなもん博打《ばくち》じゃねえか」

いかに本人がそのつもりであったとしても剣はうまく砕けてくれるのか、破片がどちらをむいて飛ぶのかわかったものではない。

「だから言ったろ。女房が助けてくれたってよ」

かつては短剣であったものを懐にしまい込む。それは過ぎ去った日を永遠に忘れぬための祈りのようにも見えた。

「娘を嫁に行かせるまでは生きろ、とよ」

## 第八十四話　最後の舞台の表と裏

市街を覆いつくしていたかに見えた炎は鎮まりつつあった。

もともと町を焼くつもりなどなかった。そう見えるよう張りぼてみたいなものを燃やしていただけだ。とはいえ火を放ったのは本当で、一部延焼してしまったところもあるのだが、そちらは全力で消火にあたらせている。ま、そのうちに消えてくれるだろう。

「集合だ！」

それ以外の人数をかき集め、大通りに隊列を作った。

整然と、見栄えがするように、かつ賑《にぎ》やかに。

ありったけの旗も用意した。メンシアード国旗。レギン公国旗。山猫傭兵団《ようへいだん》団旗。火神傭兵団の団旗もあるし、他の傭兵団の旗もある。詰所にはメンシアード正規軍の軍旗も余っていたので、これも隊列の後ろのほうの奴に持たせた。

やがて正門から王宮のほうへむかって大勢の人間が押し寄せる声が聞こえてきた。

「来やがったか」

むろんそれはエルメライン軍の残党だ。だが残党と呼ぶにはあまりにも人数が多すぎた。戦える人間はまだ三〇〇〇ほども残っているだろう。

しかしあいつらが火と瓦礫《がれき》とを乗り越えてくる間、その持っていた正義、大義名分、旗印、それらすべてがこちらの手に落ちた。ならばどれほどの戦力が残っていようともあれは残党にすぎなかった。たとえこの場で俺たち全員が血祭りにあげられたところで、あいつらの勝利はなくなっている。

この戦闘において自らに課せられた最後の仕事。それはあれらを降伏させ、無軌道な暴徒となるのを防ぐことだった。

「止まれ！　お前たち！　止まれ！　戦は終わりだ！」

ドンドン　パンパン　ドンパンパン。

派手に鳴り物のおまけつきだ。むこうもたちまちこちらに気づいた。

彼らはまだ自分たちが負けたことを知らない。先行したエルメラインたちが窮地にあると信じ、急いで合流しようとしている。

先頭集団が武器を構えて走ってくる。全体がそれに続く。

こちらが大声を出すだけで戦闘態勢を取っていないことに不審を覚えたようだが、それでも出足は止まらない。

……やっぱ無理か。

このままぼんやりしていると真剣に皆殺しにされてしまう。

「やれ」

俺の合図とともに、建物の陰に隠れていた連中が縄を引いた。その先に繋《つな》がっているのは燃え残った櫓《やぐら》だ。

もともと傾いていたそれが大きな音をたてて、敵味方を隔てるように倒れる。

巻きあがる火の粉と煙がむこうの突進に冷や水を浴びせた。

「鎮まれ！　鎮まれ！」

これで鎮まってくれないようなら逃げるしかない。

わずかに火の残る残骸を踏み越えるか、それとも迂回《うかい》すべきか。その逡巡《しゅんじゅん》にたたみかけるように決定的な事実をぶつけた。

「大将軍エルメラインはわれらの手に落ちた！　おまえたちの負けだ！」

俺の声が今度こそはっきりと届いたのか、敵陣に動揺が走り、その足が完全に止まった。

ここでなおも進もうとするならば、改めて突撃を下知する必要があるだろう。その判断は敵の指揮官に委ねられた。

ざわめく敵陣。その中から進み出てきたのは壮年の将軍だ。重々しい貫禄。おそらくあれがブレア・カーン。最後に残った反乱軍の重鎮だった。

「閣下が貴様らの手に落ちたという証拠《しょうこ》はあるのか」

「これでどうだ」

高く掲げて見せたのはあの女が頭に乗っけていた兜《かぶと》だ。

誰しもに見覚えがあるのか、敵陣に『おおっ』『まさか』という嘆きが漏れた。

「オマケでこいつもある」

さらに被《かぶ》せるようにして、ジンブラスタ将軍のものも見せつけた。

「……む、それだけでは信じられぬ」

……ったく、疑り深いな。

しかしカーン将軍の視点からすれば、俺が手に持ったこれらは精巧な贋物《にせもの》かもしれず、謀《たばか》ろうとしているようにも見える。また単なる落し物を拾っただけの可能性もないではない。

喉元に敗北を突きつけられているのだ。すんなりと飲み込めるはずもなく、一縷《いちる》の望みに縋《すが》りたい気持ちもわかる。

とはいえ本物までは出してこられない。エルメラインには絶対に生きていてもらわねばならない、もうひとつの理由がこれだった。ここで首だけになった姿でも見せようものなら、この残党どもは怒り狂って報復に出るだろう。多勢に無勢、俺たちはここであえなく全滅することになる。

ここは淡々と、自らの言い分が嘘《うそ》ではないと主張すべきだろう。

「じゃあしばらく時間をやる。どこでも探してみな」

提案を受けて、カーン将軍は数名の部下に周辺を探らせた。

草の根分けてするまでもない。大将軍が健在であればどこかで騒がしくしている。もはやこの城内のどこにも争闘の気配は残っていないし、ここから見える王宮の様子も静かなものだ。

「……………大将軍閣下は生きておられるのか？」

やがて出てきた質問はそれだった。

よし、と心の中で快哉《かいさい》を叫んだ。

ここまで来れば勝ったも同然だった。

「生きている」

今ごろあいつは十年ぶり、涙また涙の親子水入らずだ。エイブラッド公がどのような話をしているのかは知らないが、謀殺されたはずの親父を目の前にして、もはや復讐《ふくしゅう》もヘチマもなかろうというものだ。

「…………」

カーン将軍に安堵《あんど》と絶望とが同居したような、なんとも味のある表情が浮かんだ。

生きている。だがそれはまだ生きているだけにすぎない。

反乱の首謀者として捕らえられた以上、死罪を免《まぬか》れることなどありえない。玉座が手の届くところにまで来ておきながら、急転直下の処刑台。あの凛々《りり》しくも愛らしい姫将軍にそのような運命が与えられたのは、すべて自分たちの力不足がゆえ。

そんな後悔の色が見て取れた。

「そこの奴！」

将軍のすぐ近く、同じように呆《ほう》けている兵のひとりを指さした。

「おっさんを止めろ！」

腰の剣はすでに鞘《さや》から抜かれていた。責任を感じて自刎《じふん》しようとしているのは明白。慌てた周囲の連中がよってたかって取り押さえる。

部下たちによってもみくちゃにされながら、カーン将軍は懇願の声をあげた。

「………死なせてくれ。この無能が閣下より後に死ぬわけにはいかぬ。あの世にてお待ち申し上げ、黄泉路《よみじ》の露払いをさせていただく」

「死ぬな！　あとで死ね！」

往生際が悪いのは面倒だが、良すぎるのも困る。恨みを残して死なれるより、納得して死んでもらったほうがましだ。このおっさんはより良い幕引きのためにはまだ必要なのだ。

「あんたが生きてれば、その命と引き換えに姫さんは助けられる。……いや、もうあと何人かには代わりに死んでもらわないといけないかもだが」

実のところエイブラッド公がいる以上、俺たちは絶対にエルメラインを殺すことはできないのだ。あの女のことはプリスペリア殿下にも知らせず、このまま行方《ゆくえ》不明になってもらうしかないと思っている。

しかしながら、そんな事情を教えてやるわけにもいかない。生殺与奪の権がこちらにないとわかれば人質としての価値は失われる。こいつらが再びいきり立つようなことがあれば、今度こそ抑える手段がない。

「………そんなことができるのか」

「する。もちろん俺に決める権限があるわけじゃねえが絶対に、腕ずくでもそうさせる。だから今は死んでくれるな」

「………わかった。この命がまだ閣下の役に立つのならば、投降する」

「わかってくれて助かる」

「部下たちは――」

「なるべく罪に問われないようにする」

これはまあ適当だが、ほっといてもそうなるだろうという読みがある。

今後、正規軍は組織の立て直しを迫られることになるのは間違いない。だからといって『反乱に加わった者は全員クビ』などという馬鹿げた判断がされるはずがない。

将軍級は別として、上から順番に十人くらいが何らかの処罰。まあ命までは取られまい。それ以下はどうにか理屈をこねてほとんどの奴は無罪放免。兵士とそれを指揮する人間がいなければ治安維持も国家の防衛もままならないのだから。

「もし貴様が約束を違《たが》えるようなことがあれば――」

そう言いながら、カーン将軍は自らの剣を投げ捨てた。

この人は少なくとも自身はもう終わりであることを理解している。ここで投降を選択した以上、俺の言ったことがたとえ嘘《うそ》であったとしても、自分に報復する手段など残されていないことを。

「……呪う、くらいしかできんが、地獄から蘇《よみがえ》ってでも貴様を殺す」

「祟られねえようにするっての。あんたの墓にはちゃんと線香もあげにいってやるよ」

「……ふ、わしはこう見えて甘いものが好物でな」

「ああ、覚えとく」

将軍は空を見上げながら、おとなしく虜《とりこ》となった。

後ろ手に縛り、腰縄をかける。それは当然の行動なのだが、覚悟した人間に対してひどく失礼なことをしている気分になった。

この人物も、そしてエルメライン、ジンブラスタもけして悪人などではなかった。それぞれの命を懸けるべき正義があった。結果、乱に至り、そして夢は潰《つい》えた。

それが他の誰かにとって悪夢であったのだとしても、こうして残骸になってしまえばそれ以上踏みにじってはいけないもののように思えた。

「全員、持ってる武器はここに置いていけ」

改めて、敵兵たちのほうに向きなおった。

こいつらを片付ければ、長かった戦いも終わる。

「帰るところがある奴はどこへでも勝手に帰ってくれて結構だ。ない奴は軍の詰所のほうに行ってくれ。飯を用意させてある。どうせお前ら、ここしばらくまともに食えてねえんだろ？」

わずかな『え？』という静寂のあと、

「……飯」

「飯、だと」

そんな呟《つぶや》きがそこかしこで漏れた。

どうやら彼らは自分たちがずっと空腹であることを忘れていたようだ。

それを思い出した者が取り落とすように槍《やり》を手放した。一人が続けばあとはつるべ落とし。誰もが躊躇《ちゅうちょ》なく得物を放り出し、われがちに兵舎のほうへ走り出していく。

使命、決意、高揚が彼らを『兵』たらしめていた。今、それらのものから解放され、ようやく『人』に戻れたのかもしれなかった。

「……ちょっと外す。てめえらも飯食って適当に騒いでていいぞ」

ティラガらに後事を託し、単独行動に戻る。

さっきは『最後の仕事』だと言ったが、それは派手な表舞台だけのこと。大っぴらにできない、闇の仕事がまだ残っていた。他の始末はさておき、これだけは早急にけりをつけなくてはならなかった。

密かに向かったのは街中にある目立たない一軒の民家だ。

ここの住人は知らない奴ではない。とはいえ許可をとったわけでもなく、留守をいいことに勝手に使わせてもらっているだけだ。

「喋《しゃべ》れるか？」

二階の一室に、雁字搦《がんじがら》めに縛られた男が座らされていた。

「…………」

意識は戻っていた。傷口からの出血も止まっている。だがこちらを睨《にら》みつける目からは、話すことなどなにもない、という強い意志が感じられた。

敗者。フレズ・ザンドロワ。

しかし、この男がどういう意味で敗者であるのか、いまだ定まってはいなかった。

「手荒な真似《まね》はしたくねえ。おとなしく喋ってくれると助かるんだが」

「…………なにが訊《き》きたい」

「あんたの主君」

「そんなもの――」

「わかってる。あんたの忠義は、国王陛下にもエルメライン閣下にも捧げられていない」

「――――！」

実のない話はしたくない。まやかしの選択肢は先んじて封じた。

お前がここに縛られているのは単に反乱軍の幹部の一人だからではない。そう教えたつもりだ。

ザンドロワのほうも気づいた。どうして部外者の若僧がそんなことを訊きたがる、という理由には想像がつかないにしても、ここで問われているのがもっと物事の核心に迫るものだ、ということを。

「…………」

であれば、ここは黙っていることしかできないのかもしれない。

「拾った命、捨てることになるぜ」

「もう助かろうとは思ってはいない」

剣をちらつかせてみたところで、その覚悟は簡単に揺るぎそうもなかった。

――こりゃ本物かな。

自らの栄達だけを望んだ小物であるならば命乞いくらいはしてくるだろう。

しかし本物であればあるほど、重要な何かを庇《かば》っている。その証明にもなるのだ。

この男はこの男で、自らの信じるもののためにおのれを捧げていた。

その信念をへし折るために、死ぬまで苦痛を与え続ける。死んだほうがましだ、殺してくれと懇願するところまで締め上げれば、漏れ出てくるものがあるかもしれない。

拷問《ごうもん》などやりたくはない。

やりたくはないが、他にやってくれる人間はいない。

「俺もやりたくねえ」

そんなふうにバドラスが視線を逸《そ》らした。ザンドロワをここまで運んできたのはこの男だが、拷問までさせるつもりはなかった。

仮にも正々堂々の一騎打ちで雌雄を決した二人だ。無抵抗になった敗者に対し、勝者がさらに加虐を与えるというのは勝利の栄誉を台無しにする行為。古今東西の騎士道にも悖《もと》る。

………だったら俺がやるしかねえじゃねえか。

「じゃ、最後に呪いの言葉でも残しておいたらどうだ。こっから先は、あんたが死ぬまで泣き声しか出せねえぜ」

まずは爪でも、と背後からザンドロワに近づいた。

「……われらの悲願は潰《つい》えた。そうではないのか？」

「ん？　なんか喋《しゃべ》ってくれる気になったか」

「いや、喋る気はない。この世の名残《なご》りを少々惜しんだだけだ」

「さいですか」

もう余計なことはせず、ひと思いに殺してやったほうがいいかもしれない。そう思った時だった。

「誰だ。誰かいるのか？」

一階の玄関のほうから声がした。どうやら家主が戻ってきたようだ。留守にしているはずの我が家に人の気配があることに気づいたらしい。

「しっ」

指を口にあてると同時、バドラスがザンドロワに猿轡《さるぐつわ》を噛《か》ませた。

沈黙のまま数分。やがておそるおそるといった感じで家主が二階に上がってくる。

いくらか躊躇《ちゅうちょ》するような間があって、ゆっくりと扉が開かれた。

「――――ッ！」

瞬間、入ってきた男と縛られた男との目が合い、双方の顔が驚愕《きょうがく》で固まった。

必要な情報はそれで十分だった。

わけもわからぬまま逃げようとする家主。その襟元を後ろから掴《つか》み、床に引きずり倒した。

無抵抗だったのは幸いだが、そうでなくとも逃げられる心配はなかった。この家の周囲には配下の者を忍ばせている。もし家主が戻ってきたら出口を固めろ。そういう指示を出していたからだ。

「な！　なんだ！　やめろ！　やめてくれ！」

男はもがきながら狼狽《ろうばい》した。自分の家に一体何者が侵入しているのか、そして自らの身に何が起こったのか。それがまったくわかっていなかった。

ただ、そのうちに自分を押さえつけているのが誰なのか、くらいは理解した。

「シャ！　シャマリ殿！　こ、これはどういうことです？」

「どうもこうもねえよ。てめえのやったことは露見した。そんだけだ」

床に圧《お》しつけられた男の名はカルルック・メドウズ。

ほんのひと月ほど前、俺をこの地まで導いた者だった。


こいつのことを怪しみ始めたのは、黒覆面と会った直後のことだ。

以前こいつの家に空き巣が入ったという話があったが、やらせたのは俺だ。先代の王に連なる証拠《しょうこ》になるものがないかと家探しさせていたのだ。金目の物を持ち去ったのは隠蔽《いんぺい》工作、というのがその真相だ。

そこでは何も出てこなかったが、それで疑いが晴れたわけではなかった。

そしてつい昨日。俺は自らの痛恨の失態に気づいていた。

「おいジュラス、この荷物減ってねえか？」

「減ってねえよ。もとからこんだけだって」

俺たちは詰所の倉庫にあった兵糧《ひょうろう》を確認しにきていた。

わが陣営の備蓄は最初から十分だ。まだまだ余裕はあるが、最後の局面を迎えてもはや多くは必要ない。ならば景気づけに盛大に飲んで食ってしまおうという肚《はら》だったのだ。

そこで気がついたのが山猫傭兵団《ウチ》で持ち込んだ荷物だった。儲けを期待してビムラから運んできたはいいが換金し損ねたもの。それがまるまる残っていた。敗《ま》ければこれは軍に接収されてしまうだろう。売却すれば結構な金額になるはずで、みすみすくれてやるのはじつに業腹《ごうはら》な話だ。

ただ、その量が若干少ないように思えたのだ。

「いやお前ら、荷車五十輌《りょう》分は運んできてただろ。こりゃどう見ても半分とちょっとしかねえぞ」

「これでいいんだって。最初っから山猫傭兵団《ウチ》のはそんだけで、あとは請負で運んできたんだからよ。その分はもう初日に指定されたとこに持ってったっての」

「は？」

なんとなくいやな予感がした。

「………ちょっと伝票見せてみろ」

荷受人として書かれていた商店に急行した。

商店主に尋ねたところ、差し引き荷車二十輌分の穀物は間を置かず搬出されたという。行き先はここから北方にある町――。

「どちくしょうが！」

ジュラスにはなんの落ち度もない。山猫傭兵団《ウチ》の連中がメンシアード《こっち》に来る際、余剰の人員で別口の輸送を請け負った。それは傭兵団《ようへいだん》の事務方としては賢明な判断で、新米のジュラスならよくやったと褒めてもいいところだ。

しかし、それらの兵糧《ひょうろう》は最終的にとんでもない場所に運ばれた。つまりは、前日に傭兵《ようへい》たちが敵陣において焼き払ったものがそうだ。プリスペリア殿下とシャリエラの監視の目を逃れたのも無理はない。それは俺たちが自分で持っているはずのものだったのだから。

誰が悪いわけでもない。ただ確認を怠ったド間抜けがここにいるというだけの話だった。

「おい、これを手配したのは誰だ！」

再度、商店主を脅すようにして喋《しゃべ》らせたが、人物を特定するような情報は最後まで得られなかった。

今回の軍による反乱《クーデター》はザンドロワが煽《あお》ったものだ。

ただ、ひとつ計画に狂いが生じていた。扇動者が優秀すぎたのか、それとも内部における不満がもともと大きすぎたのか、軍のほとんどがエルメラインに加担してしまったのだ。

これは想定外。反乱側が有利になりすぎる。

プリスペリア殿下にはこれを鎮める意志があったものの、いざ武力衝突となると自分の手勢だけでは無力に等しい。そのままでは指を咥《くわ》えて国体が覆《くつがえ》るのを見ていることしかできなかったはずだ。

それに対抗する手段を提案したのがカルルックだ。

火神傭兵団を味方に引き入れる。それは結果的に俺が引き受けることになったが、戦いの構図はそのようにして生まれたものだった。

しかし、こいつにはそうする理由、動機がなかったはずなのだ。

プリスペリア殿下が積極的に国を二分するような行動を起こせば、殿下の玉座への道は逆に閉ざされることになる。彼女自身はむしろそう望んでいたとはいえ、カルルックにとっては手柄がすべて無駄になるし、負ければ一味として断罪されるだけ。利益と損害がまったく釣り合っていない。それがわからぬほどの馬鹿には見えなかった。

だが、こいつがメンシアードの陰謀に加担していたとなれば話は別だ。そいつらは有力な王位継承者の共倒れを狙っていた。二人のお姫様にはぜひとも戦ってもらいたいところ。そうして勝ったほうを亡き者とすればいい。

いや、計画の中で勝敗はあらかじめ決まっていた。王殺しの娘は勝ったところで世間を納得させる大義は得られない。のちのち排除しやすいのはこちらのほうだ。そのため、軍に対して秘密《ひみつ》裡《り》に兵糧を調達したのだ。

さらに考えれば、エルメラインの陣営には陰謀の一味であると思《おぼ》しきザンドロワがいる。ならばこっちの陣営にも誰かが潜り込んでいると見るのが当然ではないか。そいつは芝居《しばい》の進行が予定通りにいかなかったのを知り、舞台から遁走《とんそう》するつもりでいた。そうして逃げ旅支度を整えに自宅に戻ったところで、こうして捕えられたのだ。

「放せ！　放してくれ！」

「放すわけねえだろが！　このボケナス！」

こうして押さえつけている今も確かな物証があるわけではなかった。あったのは頭の中で組み立てたいくつかの状況証拠《しょうこ》。ただの勘といってしまえばそれまでだ。

だが確信は得た。それを与えたのが縛られたままのザンドロワの態度、そして表情だった。さっきまで自らの命すら諦めていた男。それが一転、必死の形相に変わっていた。

「違う！　その人は違う！」

そんなふうにでも言いたいのか、それとも戒めの身にあってなお主を救おうとしているのか。激しく呻《うめ》きながらじたばたと体を震わせている。

──見上げた忠義だ。

純粋にそう思った。もしかするとそれはカルルックに対する忠義ではなく、先王に対するものであるかもしれないが、意味するところは同じ。

そしてそうであるがゆえに、これ以上の問答を必要とは感じなかった。

──こいつは協力者なんかではない。

これこそが黒幕。前国王の隠し子。二人のお姫様を争わせ、漁夫の利を企んだ人物。

であれば、もう遠慮はいらない。話すべきこと、聞くべきこともはや残っていない。

「がはッ！」

カルルックが大きく血を吐いた。

本人も気づかぬうち、俺が脇腹に剣を差し入れたからだった。

殺してやる。そんな意識は毛頭なかった。

終わらせる。頭にあったのはただそれだけだった。

思えばこの戦い、総大将を拝命しておきながら自分は一度たりとも刃を交える機会を持たなかった。腰に佩《は》いた護国の剣も、ここまではただの飾り。

それに最後に一度だけ血を吸わせた。正々堂々の戦いとはいえず、華々しくもない場面。だが、国を護《まも》るという意味において、おそらくもっともふさわしいと思われる者の血を。

話をさせれば出てくるものも多くあっただろう。恨み言、野心、昏《くら》い秘密。だが、なにもこの世には遺《のこ》させない。それらことごとくをこの剣が無に還《かえ》した。

数度、びくんびくんと体を痙攣《けいれん》させたあと、カルルックは完全に動かなくなった。いや、動かなくなったのはカルルック・メドウズではないのかもしれない。先代国王の負の遺族。こいつがほんとうは何という名だったのか。それを知る機会は時代の波に呑《の》まれ、もう永遠にないのだろう。

「…………」

その光景を見ていたザンドロワが、静かに慟哭《どうこく》していた。

この男の思い描いた未来もここで完全に閉ざされたのだ。

これ以上は生きる意味もない。顎《あご》を上げ、喉の部分を大きく晒《さら》しているのは、早く殺してくれ、そういう意図に違いなかった。

「…………あばよ」

その介錯《かいしゃく》はバドラスが自然に行った。その手つきに責め苛《さいな》むようなものはなく、ただただ好敵手に対する敬意だけが込められていた。

首元から迸《ほとばし》る赤い噴水。その勢いが弱まったところで前のめりに崩れ落ちる。

こうしてメンシアードを騒がせた主従は人知れず骸《むくろ》へと変わったのだ。

「おい、入ってこい」

二階の窓から家の周囲に潜んでいる部下たちに呼びかけた。

「そのへんにまだ燃えてるところがあるだろう。こいつらも燃やしてきてくれ」

こいつらに対し、恨むべきことも憎むべきことも残っていない。

だが、ねんごろに弔《とむら》ってやるわけにはいかなかった。

誰にも知られぬ王城の片隅でそのまま燃え尽きるか、身元不明の焼死体が二つできあがる。それで終わり。

闇の事情は闇のまま、闇の世界へ消え去るべきなのだ。

# 第八十五話　逃げたお姫様

「…………む、むむ」

　机を挟んだ向かいで手紙を読む人物はひどく難しい顔をしていた。

　その理由はそこに書かれた内容によるものではないだろう。

「……ウィラード、ここはなんと書かれているのかね？」

「そちらは――」

　インクの滲《にじ》んだ箇所、筆跡が乱れたところが山ほどあり、それらに口頭で補足を加えていく。

その汚い文字は俺でも読めたものではないのだが、解読することはできる。なぜなら、それが書かれた現場に自分も居合わせていたからだ。

「なるほど。メンシアードの状況についてはあらまし報告が入っておる。……だが、その余波がこうも早くこちらに及んでくるとは思いもよらなんだな」

　手紙を読み終え、最後に捺《お》された印を確認すると、その人物はテーブルにあった燭台《しょくだい》を手元に引き寄せた。

　軽く炙《あぶ》られた手紙にはたちまち火がつき、数秒後には燃え尽きる。

「委細承知。そう伝えていただこうかな」

　燃やしたのはこの人物が無礼であるからではない。むしろその逆。その書簡はいわば密書に類するものだったからだ。相手が小狡《こずる》い人間であったならこんなふうに隠滅などせずに、取っておいて何か利用法を考えるというものだ。

王都の戦いが終結して十日ほど経ったあと、俺はとある貴人と面会を果たしていた。

とはいえ、それほど堅苦しいものではない。私邸で行われた非公式のものであるし、その間柄も旧知だ。

「ご厚情に感謝いたします」

「なになに、窮鳥《きゅうちょう》となったところを受け入れられぬ辛さは他人事《ひとごと》ではないのでな」

はっはっは、と鷹揚《おうよう》な笑い方は自嘲か、はたまた運命の綾《あや》を純粋に楽しんでいるのか。その貴人とは他でもない、東パンジャリーのブロンダート殿下その人だ。

およそ二年ぶりの再会、しかも突然の訪問であったものの、ぞんざいにはされなかった。

殿下の視線が次にむかったのは、俺の左右に座る二人の女に対してだ。

「それで、どちらのお嬢さんをお預かりすればいいのかな」

「この赤いほうです」

左の女が被《かぶ》っていた頭巾を取ってやる。ここに来るまで目立たないように隠していた、燃えるような髪の色が明らかとなる。

「赤いほうとか言うな」

小声で文句をつけてくるが、もはや知ったこっちゃない。ちょっと前まではこいつも殿下だとか閣下だとか、大仰な呼ばれ方をしていたらしいが、今となっては天下の大罪人。ただのエルメラインにすぎないのだ。

戦いの後始末としてしなければいけないことは山ほどある。しかし、それらを差し置いてはるばるパンジャリーまで来た目的。それはこの女をこの国に亡命させるためだった。

現在メンシアードでは、軍による反乱の首謀者は行方《ゆくえ》不明だとされている。

『草の根分けてでも探し出せ。捕らえた者には金一〇〇〇』

そういう布告も出ている。というか、自分で出した。プリスペリア殿下や政府の面子《めんつ》としては捨て置くわけにはいかないのだ。

しかし実態は行方不明でもなんでもなかった。父娘《おやこ》が再会を果たしたあとは、ふつうに俺の管理下で匿《かくま》っていた。エイブラッド公との約束もあるわけで、エルメラインの安全を確保するまで面倒を見なければならないのは当然だった。

「………なるほど。貴女《あなた》の御父上とは昔にお会いしたことがある。ご立派な方であったが、面影がよく似ておられるようだ」

「恐れ入ります」

「貴女の身柄は余が責任を持ってお守りいたそう。時が来れば国に戻れることもあろう。それまではなるべく不自由のないよう取り計らせていただく」

「過分なご配慮、痛み入ります。ですが自分はおのれの短慮によって国を乱した愚か者にすぎません。我が身が貴国にとって害をなすようであればご遠慮なく放逐くださいませ。けしてお恨み申し上げるようなことはいたしません」

「若さゆえの過《あやま》ちは余にも覚えのあることだ。悔いているのであれば挽回の機会もあるであろう。いま少し御身を大切になされよ」

このエルメラインの脱出劇にはいま一人、予想もしていなかった協力者がいた。

それが、先ほど灰になった手紙を書いた人物だ。というか、それがなければここへは連れてこられなかった。俺一人の独断で、大恩あるブロンダート殿下をよその国のお家騒動なんかに巻き込めるわけがない。


「シャマリ様！」

終戦から一夜、さすがに疲労が溜《た》まっていたか、昼過ぎまで自分の部屋で寝ていた。

そこに叩扉《ノック》もせずに飛び込んできたのは涙顔のプリスペリア殿下だった。

あまりにらしくないふるまいに少々驚きながら起き上がったのだが、彼女はさらに驚くべき朗報を持ってきていた。

「父君が、父君がお目覚めになられました」

「え？」

一瞬なんのことだか理解が追いつかない。脳内での分類上、メンシアード国王は自分の中でとっくに死者の勘定《かんじょう》に入っていた。それが突然生き返ったからといって、とくにどうという感想はないはずだ。しかし共に死線を越えた女の子が泣くほど喜ぶことであるなら、俺にとっても朗報といっていいだろう。

「よかったな」

なんとなく触りやすい位置にあったので、その頭を撫《な》でてやる。もはや扱いはイルミナとそう変わらない。

「……………うれしいです。シャマリ様、ありがとうございます………」

何か特別なことをした覚えはない。国王の意識が戻ったのはたまたまだ。とはいえ昨日俺たちが敗《ま》けていれば、こっちの父娘《おやこ》も生きて再会することはなかったのだけれど。

「よかったな」

同じ言葉をくりかえす。さっきのは反射的に言っただけだが、今度は心からそう思った。王族であろうが庶民であろうが、親子の情の価値は同じ。これは、ほんとうに幸福なことだったのだろう。

昨夜戦勝を告げたときも、彼女は肩の荷が下りたような表情を浮かべただけで、こんなふうに泣いたりしなかったのだから。

「あの、それで、ですね――」

そのうちに泣き止んだプリスペリア殿下はひとつの不可解な事実を告げた。

最初に国王の意識が戻ったことに気づいたのは身の回りの世話をする侍女。慌てて主治医に知らせようとしたものの、その医者はどこにも見当たらなかったというのだ。

「代わりの医師に来てもらって診《み》ていただいたのですが、ひとまず容体は安定しているとのこと

です」

「そりゃ何より。でもまあ油断は禁物だな。ちゃんと養生しねえと」

「はい。ですから主治医の方をお探ししているのですが、まだ見つからないようなのです」

「…………ふむ」

王の生死を預かる者が周囲に何も告げずにいなくなるというのは、戦の混乱の中とはいえとんだ怠慢だ。このおめでたい折に水を差したくはないが、見つかり次第処罰されるべき。ではあるのだが——。

——もう見つからねえんじゃねえの。

確証はないが、そんな気がする。仮説を立てるとするなら、そいつはもう一人の行方《ゆくえ》不明者となっているカルルックの党与だったのではないか、と。

もともとの筋書きでは軍による政変《クーデター》はひとまず成功することになっていた。それが崩れ、首謀者との連絡も途絶えたことにより、協力者である医者は計画の失敗を悟った。それで慌てて姿を眩《くら》ました。国王の容体が悪かったのも定期的に一服盛っていたからだ、との見方もできる。

「ま、そいつがいなくなった途端に親父さんの目が覚めたってんなら、いいかげん藪《やぶ》だったってことだろ」

ここは冗談で紛らわせ、想像したことは胸のうちに隠した。いくつかのことは永遠に秘密にしておく。それがこの国の、ひいてはこの健気《けなげ》な依頼人のためだった。

その後、俺は殿下に頼み込んで国王と面会する機会を作ってもらっている。

王の病床を一介の傭兵《ようへい》が見舞う。『変な病気が移るから帰れ！』とどやしつけられても当然の異例だが、ここは無理を通してもらった。実の娘の窮地を救い、間接的に本人の命も救うことになったのだ。それくらい許してもらっても罰はあたるまい。

「陛下、私のことはエイブラッド公の密使だとお思いください」

枕頭《ちんとう》にて告げると国王は大いに驚きはしたものの、エルメラインの亡命については協力を拒まなかった。

パンジャリー宛の手紙はそうして生まれたものだ。ただ、筋力の衰えた病人が横になったまま書いたのだ。まともに読めた文字でないのは辛抱してもらうしかない。

「しかし、メンシアードの国王陛下が快復なされたというのは喜ばしいことであるな。なれば乱の傷も早く癒えるであろう」

これはブロンダート殿下の言うとおりだ。

軍の脅威が消えたからには、それまで鳴りを潜めていた連中が穴倉から這《は》い出てくる。これまでのようなプリスペリア殿下のやりたい放題は維持できない。

政権内の主導権争いになっていたに違いないし、次の王を誰にするべきか。そんな綱引きも始まっていただろう。その分だけ復興も遅れることになる。

それを思えば、国王の目覚めは僥倖《ぎょうこう》だった。

仲間内での足の引っ張り合いはまた次の機会。今は王の名のもとに一丸となればいい。なれない奴は自ら出世争いから脱落するだけだ。

「ふふ。我が国も彼《か》の御仁に恩が売れたというものだ」

これは悪ぶってみせた冗談だ。

エルメラインを受け入れたことが、パンジャリーにとって吉と出る可能性もある。

少なくともメンシアード王、それとプリスペリア殿下はエルメラインの助命を望んでいた。しかしそれはあくまで個人的な希望にすぎない。内心で感謝はしているだろうが、ことが表沙汰《おもてざた》になれば、『おのれパンジャリーめ。謀反人《むほんにん》を匿《かくま》いおって』という態度《ポーズ》をとらなければならない場合だってあるのだ。

国家運営の中枢にあったブロンダート殿下にその機微がわからないはずもなく、やはりこの人はあえて火中の栗《くり》に手を伸ばしてくれたのだ。

「『ウィラード・シャマリは余が先にツバをつけたもの。貴国の臣にと望まれるのはご遠慮あれよ』と言いたいところではあるな」

「殿下への恩義は忘れません」

「いや、そう言える資格がないことは承知しておる。先に我が国でそなたの騎馬隊を受け入れることができなかった。こちらにも事情があったのだ。許せ」

もとより恨みなどない。東西パンジャリーが緊張にある中、軍備増強ととられるような動きはできなかった。それは理解している。

「むう」

自分の隣、エルメラインとは反対側に座る女がさっきから所在なげにしていた。

さっきブロンダート殿下が『どちらの』と訊《き》いてきたように、ここに連れてきたお嬢さんは一人ではなかった。もう一人、いわば『白いほう』とでも呼ぶべきお嬢さんがいたのだ。

「どうして私まで」

その『白いほう』はさっきから小声でぶつくさ不満をたれているが、こいつがここにいるのは理由のないことではない。

俺にはこの地でもうひとつ用事があったのだ。とはいえ、こちらはそれほど重要でもなんでもなく、完全にもののついでであるのだけども。

「どうしたかね？　気楽にしてもらえればよいのだが？」

ブロンダート殿下がその不自然な様子に気づいた。この人は紳士でもあるから、たとえ身分違いの小物であってもご婦人には気を遣うのだ。

「ウィラード、よければそちらのお嬢さんもご紹介してくれるかな」

「はい。こちらは以前、殿下を弑《しい》し奉《たてまつ》った女です」

突然の告白にその場にいた全員が『ぶっ』と噴き出した。

「ばか！」

ミュアキスが俺の頭を叩《たた》いてこようとするが、その攻撃は読んでいた。それに痛打されていたところで、一度バラしてしまったものはもはや取り返しがつかない。

「ふむ……、あれか」

『弑《しい》し奉《たてまつ》った』とは言ったが、殿下は現にこうして生きている。だが言われた当人には思い当たることがあったようだ。

「……カイリエン」

それはかつてのパンジャリー内戦の折、ブロンダート殿下の影武者となって死んだ男の名だった。俺が傭兵《ようへい》となって初めての戦場で、上官として仰《あお》いだ男の名前でもある。

勇敢で、有能で、虫の好かなかった男。それを討ち果たしたのがこのミュアキス。であれば、この場で気まずい思いをするのは当然だった。

「そなた、名前は？」

「……ミュアキス・アラジと申します」

「余になにか申すべきことはあるか？」

「何も、何もございません。スカーランでのことは戦場の習い。貴軍に刃を向けたことも、この手で殿下の股肱《ここう》を討ち取ったことも正々堂々の戦。武門の誉《ほま》れと承知しております」

「…………」

あれから二年。

ブロンダート殿下は当初から明言していたように、この時点で摂政《せっしょう》の座から退いていた。東西パンジャリーの分裂がいまだ継続中であることから周囲は翻意を期待したが、その決意が変わることはなかった。

今後は一歩も二歩も下がり、群臣たちと同じ立場で甥《おい》であるクロウザン国王を支えていく。国家の再統一は新世代によってなされるべき。そのつもりでしかるべき地位、職務を考えているとのことだった。

「はっはっは。やはりウィラードはおもしろい。どのような経緯《ゆくたて》があったのかは知らないが、かつての仇敵《きゅうてき》と誼《よしみ》を通じ、ともに行動しておるとはな」

「ありがたきお言葉でございます」

時代は動いていた。

この世には後生大事に抱えるべき遺恨とそうでない遺恨とがあって、そうでないものはさっさと捨てたほうがいいのだ。さもないとその重さによって、時代の波に沈んでしまうこともあるのだから。

今回ミュアキスを同行させたのは罪を償わせるためではない。いや、罪など最初からないのか。あるのは蟠《わだかま》り。それを解消し、この国と火神傭兵団との和解を促すためだった。

二年という月日は悲しみが思い出に変わるのに十分な時間。そう踏んだ。それに、こんなふうに逃げ隠れできない俎板《まないた》の上の鯉《こい》にしてしまえば、ブロンダート殿下ともあろうお方がそれ以上の処罰を望むわけもないのだ。

「今後わが国が火神傭兵団《そちら》に依頼することがあれば――」

「私の一存では何とも。ですが、依頼内容と報酬次第かと存じます。ひとたび契約が為《な》されれば信義に背くことはございません」

「……あいわかった」

そうして双方に納得すべきものが得られた。

むろんミュアキスに火神傭兵団《ようへいだん》を代表する権限などない。末席の幹部として扱われているだけだ。ただ、団長の考え方はよく知っている。さらに、因縁《いんねん》でいえばこいつが最も濃いものを持っていた。

その堂々として悪びれない態度も印象は悪くなかった。ここで身分の違いに委縮するようであれば、カイリエンの成した功績を汚すことにもなっただろう。


懐かしい人々と旧交を温める暇はない。

翌日にはふたたびメンシアードへとんぼ返りだ。ここに来たのは最優先の案件が俺にしかできない種類のものであっただけで、王都に戻ればやらなければならない火急の用件でてんやわんやになるはずだ。

こうしている間にも、またろくでもないことが増えている。そんな気もしないではない。

「ウィラードさま、こんどはごゆっくりあそびに来てくださいね」

そんなふうに見送ってくれるのはブロンダート殿下の愛娘《まなむすめ》、アメリディ姫だ。以前より身長も伸び、もはや幼女ではなく少女と呼ぶべき年齢となっていた。ふわふわと愛くるしい雰囲気はそのままで、ご両親の愛情の深さが窺《うかが》えるというものだ。

かといって再度『許嫁《いいなずけ》にどうぞ』と言われてもやはり困ってしまうのだけれど。

「必ず参ります。姫様もどうかご壮健であられますよう。また、エルメライン様のことをどうぞよろしくお願いします」

「はい。アメリもすてきなお姉さまができてうれしいです」

……………素敵、ねえ。

酒乱で乱暴なところと、直情径行で猪《いのしし》なところしか見た覚えがない。だが——。

「ほんとうに世話になった。父のことは感謝している」

一体誰が用意してくれたのか、かつての宿敵は真新しい衣装に身を通していた。

その赤い髪に調和した紅《くれない》のドレスが長身のエルメラインによく似合っている。

こんな姿を見せられると、姫のいう『すてき』にも頷《うなず》きたくなるというものだ。戦いのさなかでは軍装、ここへの道中は目立たない旅装の姿しか見ていなかった。しかしこいつは元がいいのだから、本来こういうお嬢様のような格好であるべきなのだ。

「私が言えた義理ではないが、国のこと、プリスのことをよろしく頼む」

「いや、俺はもうお役御免だっつーの」

プリスペリア殿下との雇用関係はひとまず解消される。信頼や友誼《ゆうぎ》まで失うことはないにしても、どうせ彼女は国政の中枢から外れる。本人にそのつもりがなくても外されるのだ。俺たちがメンシアードの新政権に重用され、国政について何らかの役割を果たす可能性は限りなく小さい。

「それでもだ。君はこちらのブロンダート殿下にも信頼されているようだし、父も褒めていた。たぶん我々の知った枠には囚《とら》われぬ、それだけの大器なのだろう」

「やめろ。ケツが痒《かゆ》くなる」

エイブラッド公はおのれの目的を達成すると、戦の報酬も受け取らずすぐに行方《ゆくえ》を眩《くら》ませた。再び世俗を離れ、もとの隠遁《いんとん》生活に戻ったのだ。今はどこか遠くの空で娘の幸せを祈っているのに違いない。

「ま、俺としてもメンシアードは安定しててくれたほうが助かるんでな。なんかの足しになる程度には働いてやるよ」

今回の件でいくらかの人々には縁も義理もできた。ちょっと手助けするくらいならやぶさかではない。

「ありがとう。元気でやってくれ」

指先までぴしりと伸びた美しいお辞儀。ではあるが、このあたりは軍人の癖が抜けてない。お嬢様になりきるにはもう少し修業が要《い》るようだ。

一度目に遭遇したときも確かこんな感じの別れだったことを思い出す。再び見ることになったつむじは今回も元気そうだ。

あの時は互いに敵となる再会がすでに運命づけられていた。

次に会う機会。それは果たして訪れるのだろうか。

「んじゃ大将、行きますか」

そう言ったのは道中の護衛としてついてきたバドラス。この『大将』はついこないだまでの上官、エルメラインへの呼びかけではない。なぜか俺に対してむけられている。

「…………」

――おまえなんでここにいんの？

という違和感は小さくない。

大勢の将軍、士官が戦死、あるいは責任を問われて投獄の憂《う》き目をみている中、メンシアード正規軍の再編はこの男を中心に行われるべきではなかったのか。ならば今ごろこんな場所にいていいわけがない。

もともとの立場、能力からすれば他に適任はいないはずだった。

『それは勘弁してくだせえ。こんなんなっちまったら、いったいどんな面《ツラ》下げて軍に戻れるってんですかい』

それが、ロスター将軍に協力を打診されたときの答えだった。

「大将を裏切って出世した。そんなふうに思われちゃあ男としておしめえだ」

この男がしたことが裏切りなんかではないことは、俺が重々承知している。しかし、それで通らないのが世の中というものだ。

戦い敗れ、そして生き残った者たちからすれば、『なんだあいつ』といった気分は拭い去れないのかもしれない。そうであれば大将軍かそれに近い地位について、グズグズになってしまった組織を立て直していくのは難しい。

「……惜しいって気分もねえことはねえのよ」

この感想はじつに正直だ。

将軍というのはいわば男の中の男。大将軍ともなれば武勇、器量ともに抜群と認められる、その国一番の好漢にだけ許された称号だ。およそ男子であれば誰しも一度は憧れる立場であり、それに手が届いたのなら手放したくないと思うのが当然だ。

　職務遂行に困難が予想されようとも、歯を食いしばってでもやり遂げる価値はある。

「でもな、んなことすりゃあそれこそあのおべっか野郎以下ってことになっちまう」

　好敵手《ライバル》だった者の名を出してきたが、そう悪し様《あしざま》に言ってやるものでもないだろう。ザンドロワにもザンドロワの信念があった。それはこの男にもよくわかっていた。

　いや、その信念に殉じた姿を見たなればこそ、節義に反するように見える栄達などクソ食らえだと思うのに違いなかった。

「ま、そのうち戻れりゃな、とは思ってんよ。でもそれは今じゃねえ」

　出世には未練があるし、互いに気心の知れた軍での暮らしも嫌いではない。ただ、ほとぼりが冷めるまでそこから距離を取る必要があったのだ。

「つっても、娘は立派に育てなきゃなんねえし、飯も食わねえと死んじまう」

　何か仕事を探さなくてはならないが、この道一筋二十年。一個の武辺には双剣を振るうより他に特別な能などない。

「だからまあ、しばらく大将のとこで俺を預かってくんな」

「…………」

「あんたならとりあえずの親分として信用できる。だから、な」

「とりあえずかよ！　間に合わせかよ！」

「うはは。んでも大将はまだメンシアードに慣れてねえだろ？　このバドラス様は生まれてこの方生粋《きっすい》のメンシアードっ子だ。役に立つんじゃねえのかい？」

つまりはそういうことだ。

なんとなく釈然としない部分もあるが、あえて突き放す理由もないのだった。

ここからまた、食っていくための戦いが始まるのだ。

ビムラを捨てると決意し、新天地に居座りを許される程度の手柄は立てたはずだ。しかしそれで安泰だと思えるほど能天気ではない。

俺たちは無事に足元を確保できるのか。国の権力構造が再編されれば、傭兵《ようへい》業界を取り巻く状況も変化するだろう。

人生とは戦いの連続だ。そうそう楽にはしてもらえないのだ。

〈『たのしい傭兵団7』へつづく〉

# 付録　恋文《ラブレター》と将たち

「おい！　そこにいるのは誰だ！」

見張り番の若い傭兵が城門付近にいる数名の人影を見咎《みとが》めた。

今は戦時中だ。城壁の外側には大将軍エルメライン閣下が率いるメンシアードの正規軍が押し寄せてきている。

ここもいつ戦場になるかわからない。そのため、部外者の接近は堅く禁じられていた。

「…………なんだ、女かよ」

急行した傭兵が見つけたのは三人の若い女性だった。敵味方、どちらにも縁もゆかりもなさそうなただの町娘たち。男がすごい剣幕で駆けつけてきたことに怯《おび》えてもいた。

「姉ちゃんたちよう、このあたりは立ち入り禁止だ。知ってんだろ」

声色に多少の助平《すけべい》な気持ちが込められているものの、狼藉《ろうぜき》はきつく戒められている。ここは彼なりに紳士的な態度で接しているつもりだった。

「……あの、…………あの」

とはいえ、女の子たちからすれば凄《すご》まれているようにしか思えない。体をこわばらせ、表情を引きつらせたまま、まともな返答は返ってこない。

彼女たちをどうすればいいか、傭兵が迷っていると――。

「ん？　なんかあったのか？」

そこに通りかかったのはどこにいてもひときわ目立つ、紅《くれない》の巨人。

「あ、ティラガの兄貴――」

「マグス将軍！」

男の挨拶《あいさつ》に被《かぶ》さるように、それを上回る大きさで女の子の声が響いた。


「それで、渡されたのがそれかい？」

ディデューンがティラガの前にある封筒を指さした。

ここは城壁に設けられた門番たちの待機所だ。戦時中である現在は士官たちの部屋として使われている。

「ああ。わざわざ俺宛に持ってきてくれた。ま、くれたのは一人で、あとの二人は付き添いだったんだが。とにかく、こんなことは初めてだ」

「それは意外だね。ティラガ君ほどの男なら恋文《ラブレター》くらい、いくらでももらってそうなものだけどね」

「そんなわけねえよ。一体どこの誰がこんなものを傭兵《ようへい》なんかにくれるんだ」

「ああ、それもそうか」

傭兵に文字など読めるわけがない。それが世の中の常識だ。

であれば、その手紙がティラガのもとにあるのは、世間の目がこの男を『将軍』だと認めているからだろう。一般の兵士であれば読み書きのあやふやな者も少なくないが、士官以上にもなればそれでは務まらない。

「で、どうすりゃいいもんかな、って」

「ふふ。私に相談してくれるとは嬉《うれ》しいね」

「いや、こういう話はあんたかな、って思ったんでな」

山猫傭兵団随一、いや大陸でも有数の美丈夫《イケメン》は人間関係の綾《あや》、男女間の機微にも通じている。それがもっぱらの評判だ。殺伐とした戦場に似合わない可憐《かれん》な話題に、ディデューンも微笑を禁じ得ない。

「それにウィラードの奴はこないだ『なんで俺にだけ女の子からの贈り物がねえんだよ』って怒ってたらしいからな」

「はは。君がそんなのまでもらったと知ったら、また嫉妬するかな」

「しそうなんだよ。なんていうかあの男は、自分がどれだけ恵まれてるかさっぱりわかってねぇからな」

「同感だね」

彼らの目からすれば、なんだかんだウィラードのことを憎からず思っている女の子は少なくないのだ。そして、思われている本人にその自覚がないことも見えていた。

「まずイルミナだ。あれはもう他の男なんか完全に眼中にない」

「そうだね。ちょっとウィラードに依存しすぎてるきらいはあるけれど、病的とまではいえない。

しっかりと自分というものを持っている。お似合いだと思うよ」

「ったく。さっさとくっつけばいいものを」

「客観的にはくっついてはいるんだけどね。本人同士にぜんぜんそのつもりがないのがね」

苦楽を共にした仲間たちからすると、どうにも焦《じ》れったい。

余計なこととは知りつつも、お節介だって焼いてみたくなるというものだ。

「それからミュアキスもだ。あの女もあいつに惚《ほ》れてるだろ」

「んー、まだそこまではいってないとは思うけど、脈は大いにあるね」

「だよな。俺らには『ティラガ殿』『ディデューン殿』って呼んでるくせに、あいつには『貴様』とか呼び捨てだからな。十分に気安いだろ」

尊敬する祖父に認められた男。当初はそこに対抗意識があったのかもしれない。だがウィラードはその見立てに応《こた》えるように、あるいは期待を上回るほどの結果を残してきた。

認めざるを得ない。その気持ちはやがて好意に変化してきているのではないか。周囲はそんなふうに捉えている。余計なことを言って殴ったり殴られたりしているのも見かけるが、あれは相性が悪いのではなく、むしろいい部類に入るだろう。

「あいつが本気で口説《くど》いたらコロッといくか？」

「いくだろうね」

「あと、パンジャリーのお姫様は単に子供に懐かれただけだと思うんだが、セリカ様のあれはどうなんだ？　真剣《ガチ》だったのか？」

ビムラの歌姫セリカ・クオンティとウィラードの結婚。突然に降ってわいたような話だったが、それは実現するものとして信じられていた。しかし大勢の人々が盛大に呪った甲斐《かい》あってか、無事に白紙に戻っている。

その話題は仲間内でも何回か盛り上がったが、結局のところどこまでが八百長《やおちょう》だったのか、本気の恋愛感情はあったのか。真相は明らかになっていない。

ウルズバールに向かう道中、本人に尋ねたら本気で怒ってきた。ティラガはそう語った。

「私の見た限り真剣《ガチ》、だね」

「かーっ！　信じられねえ。あれをドブに捨てるかね」

どれもクセは強いが、いずれ劣らぬ美女に美少女だ。いや、どれかひとりと決める必要もない。まんべんなく遊んで、そのうちバチでも当たればいい。

「しかも彼女たちはウィラードの本質をちゃんと見ている」

見た目、身分、肩書。そんなものに惑わされたわけではない。王立大学院《アカデミー》に裏打ちされる、その知性についてもそれほどの意味は持っていなかった。

「あいつの本質か……。馬鹿だな。馬鹿の親玉だ」

「そうだね。彼は大馬鹿にしかできないことをやっている」

その馬鹿さ加減は別名を『漢気《おとこぎ》』という。そのことをこの二人は知っている。男が男に惚れる要素でもある。そして、彼女たちも理解していた。それは英傑《えいけつ》の資質であり、並の男には到底求められない類《たぐ》い稀《まれ》なる美点なのだと。

「それに今回の依頼者様なんだが――」

「ああ、プリスペリア殿下か。まさか――」

「彼女もたぶん、そうなるんだろうね。そんな気がする」

「か！　あのチビボインもかよ！　だったらこんな紙切れ一枚にヤキモチ焼かなくてもいいだろうが！」

「いや、まだそれはしてないけども」

「しそうだろうが」

「しそうだね」

そして話は本題に戻る。

「それで、返事はどうするんだい？」

「あー」

『将軍様にこのような失礼な手紙をお出しすることをお許しください』という書き出しで綴《つづ》られた、誤解しようもない愛の告白。それはほんの一時の熱情であるのかもしれない。しかし、ティラガはその一時のものこそが尊いように感じていた。

「これまでもモテてねえつもりはなかったんだが――」

相手はほとんど酒場か夜の関係の商売女。普通の傭兵《ようへい》であればそれ以外の女性と知り合う機会などまずない。大きなときめきはなかったが、それで悪いとは思っていなかったし、そんなものだろうとも思っていた。

「むこうは身分違いだなんだって思ってるみたいだが、そんなわきゃあねえ。こちとらついこの間まで自分の名前も書けなかった男だ」

　読み書きができるようになる。ウィラードが山猫傭兵団に来るまで、そんなことは考えたこともなかった。そこからは怒涛《どとう》の日々。いつの間にやら立派な鎧《よろい》を着こみ、朱雀将軍《カルガージャ》などと呼ばれてしまっている。しかし、それが本当の自分の姿であるとはまだ思えなかった。

「それが恋文《ラブレター》なんてもんをもらえて、なにが書かれているのかもわかる。これも全部あいつのお陰だ」

「はは、そうなんだろうね」

　文章が書けるというのは、それだけで一定水準以上にはお嬢さんということだ。ティラガには縁のなかった世界。そうであるがゆえに、どう扱えばいいのか勝手がわからない。

「でも、そう気にすることはないかもしれないよ」

　ウィラードが漢《おとこ》なら、ティラガも漢。友の目から見ればそう見劣りはしない。どこに出しても恥ずかしくない『わが友』と呼べる男たちだ。

「顔は、好みだったのかい？」

「まあ、悪くなかった。……つっても、相手をよく知ってるわけじゃねえしな」

「そのへんは君も妙に紳士だね」

　穴が開いてたらなんでもいい。顔がいいに越したことはないが、とにかくヤれる女が欲しい。

傭兵《ようへい》とはおよそそういうものだ。この二年ほどのつきあいの中で、ディデューンもそのあたりはよくわかっていた。

「でも、女の子がせっかく勇気をふり絞ったんだ。せいぜい喜ばせてあげればいい。しばらく付き合ってみて、それで君が好きになったら恋人にでもなんにでもしてあげればいいじゃないか」

「そういうもんかね」

この日は、そういう終わり方をしていた。


王都の正門は大きく崩れ、市街は天を焦《こ》がす炎に包まれている。

「うおおおおーッ！」

ここが最終決戦。一手の将たるティラガが奮戦しないはずがない。

最強の敵《ジンブラスタ》こそヒルシャーンに譲ったものの、小部隊を率いて敵に斬り込み、乱戦のど真ん中で大剣を振るっている。

「てめえら！　ここが手柄の立てどきだ！　一番手柄と二番手柄はいいとこに連れてってやる！」

周囲を固める弟分たちにはそんな檄《げき》を飛ばしていた。

――じつに律儀《りちぎ》。

民家の屋根から敵陣にむかって矢を放ちながら、ディデューンは思った。

集団交際《グループ》。いわゆる『合コン』。それがティラガの出した答えだ。

自分だけがいい思いをするのも悪い。弟分たちにもお裾分けをくれてやろう。そんなふうにでも考えたのだろうが、なんとなくズレているような気がしなくもない。彼自身はともかく、他の傭兵たちを紹介されても女の子たちは嬉《うれ》しくないだろう。

だが、それもまた一興だ。

「これが青春というものか」

自然、笑みがこぼれていた。

これは自分自身にとってもそうに違いなかった。友と駆ける戦場と、路傍に咲く恋の花。輝ける黄金時代。

――私は、いつまで彼らと共にいられるのか――。

誰しもに責任と責務があり、それは貴族の端くれでしかない自分にもあった。

残された時間はおそらく、あまり長くもないのだろう。

それでも、こんな馬鹿騒ぎの日々がいつまでも続きますように。

そんなふうに願ってしまうのだ。

ヒーロー文庫

# たのしい傭兵団《ようへいだん》6

上宮将徳《うえのみやまさのり》

2021年10月10日 第1刷発行

発行者 前田起也

発行所 株式会社 主婦の友インフォス
〒101-0052 東京都千代田区神田小川町3-3
電話／03-6273-7850（編集）

発売元 株式会社 主婦の友社
〒141-0021
東京都品川区上大崎3-1-1 目黒セントラルスクエア
電話／03-5280-7551（販売）

印刷所 大日本印刷株式会社

©Masanori Uenomiya 2021 Printed in Japan
ISBN 978-4-07-449697-6

■本書の内容に関するお問い合わせは、主婦の友インフォス ライトノベル事業部（電話 03-6273-7850）まで。■乱丁本、落丁本はおとりかえいたします。お買い求めの書店か、主婦の友社販売部（電話 03-5280-7551）にご連絡ください。■主婦の友インフォスが発行する書籍・ムックのご注文は、お近くの書店か主婦の友社コールセンター（電話 0120-916-892）まで。※お問い合わせ受付時間 月～金（祝日を除く） 9:30 ～ 17:30
主婦の友インフォスホームページ http://www.st-infos.co.jp/
主婦の友社ホームページ https://shufunotomo.co.jp/

Ⓡ〈日本複製権センター委託出版物〉
本書を無断で複写複製（電子化を含む）することは、著作権法上の例外を除き、禁じられています。本書をコピーされる場合は、事前に公益社団法人日本複製権センター（JRRC）の許諾を受けてください。また本書を代行業者等の第三者に依頼してスキャンやデジタル化することは、たとえ個人や家庭内での利用であっても一切認められておりません。
JRRC〈 https://jrrc.or.jp e メール：jrrc_info@jrrc.or.jp 電話：03-6809-1281 〉